Julius Strenge

Der tendenziöse Charakter der Caesarischen Memoiren vom Bürgerkrieg

Julius Strenge

Der tendenziöse Charakter der Caesarischen Memoiren vom Bürgerkrieg

Unveränderter Nachdruck der Originalausgabe von 1873.

1. Auflage 2024 | ISBN: 978-3-38643-317-4

Antigonos Verlag ist ein Imprint der Outlook Verlagsgesellschaft mbH.

Verlag: Outlook Verlag GmbH, Zeilweg 44, 60439 Frankfurt, Deutschland
Vertretungsberechtigt: E. Roepke, Zeilweg 44, 60439 Frankfurt, Deutschland
Druck: Libri Plureos GmbH, Friedensallee 273, 22763 Hamburg, Deutschland

Der tendenziöse Character der Caesarischen Memoiren vom Bürgerkrieg.

I. Theil.
Die Friedensgesandtschaften.

Dass uns in den Memoiren Caesars sowohl vom gallischen Krieg als besonders vom Bürgerkrieg politische Tendenz- und Parteischriften vorliegen, ist eine Ansicht, die mit grösserer oder geringerer Bestimmtheit von den verschiedensten Gelehrten alter und neuer Zeit ausgesprochen worden ist. Erklärt sich dieselbe schon aus dem Character des summus auctorum D. Julius [1]) und der Stellung desselben zu den politischen Fragen seiner Zeit, so noch mehr aus dem Inhalte beider Schriften.

Auf doppelte Weise aber kann man aus dem letztern zu jener Ansicht gelangen und sie zu beweisen versuchen: einmal durch Beurtheilung und Kritik derjenigen Notizen, die im Widerspruch mit den andern Quellen derselben geschichtlichen Ereignisse stehen, das andere Mal durch zusammenhängende Betrachtung derjenigen Episoden und Theile der Darstellung, die in die Schilderung der eigentlichen kriegerischen Unternehmungen eingestreut gewissermassen zur Illustration derselben dienen; diese Theile sind, wie sich von selbst versteht, sehr mannigfaltigen Inhalts. Jener erste Weg ist zu verschiedenen Malen, häufig mit einer gewissen vorgefassten Parteilichkeit betreten worden, zuletzt und ohne Zweifel am sichersten und zuverlässigsten von Glöde in seiner Schrift, „Ueber die historische Glaubwürdigkeit Caesars in den Commentarien vom Bürgerkrig. Kiel 1871." [2])

Ich will im Folgenden an der Hand der Memoiren über den Bürgerkrieg und speciell für diese den tendenziösen Character der Flugschrift nachzuweisen versuchen, ein Versuch, der soviel ich weiss bis jetzt noch nicht im Zusammenhang gemacht worden ist, wenn schon manche hier einschlagende Punkte, wie im Weiteren klar gelegt werden wird, zerstreut und von Vielen berührt worden sind.

Das ganze Material, welches hier zu sichten ist und aus dem Theile des Werkes ausgeschieden werden muss, der sich mit den strategischen und kriegerischen Fragen speciell beschäftigt, lässt sich nach meiner Ansicht in drei grosse Gruppen theilen. Dieselben werden gebildet

1. von denjenigen Nachrichten, die über die zwischen beiden Parteien gewechselten Gesandtschaften zum Zweck der Anknüpfung von Friedensverhandlungen vorliegen.

2. von denjenigen Nachrichten, die sich über die rein menschliche Stellung Caesars zur feindlichen Partei vorfinden, über die milde und humane Rücksicht, die er bei allen Gelegenheiten auf die

---

[1]) Tac. Germ. 28.

[2]) Die hier einschlägige Literatur ist vollständig in der Glöde'schen Schrift pg. 3. ff. zusammengestellt.

Anhänger seines Gegners nimmt, während er auf Gleiches von Seiten dieses seiner eigenen Partei gegenüber nicht rechnen kann.

3. gehören hierher die Bemerkungen über den moralischen und politischen Bankerott der Pompejaner, die kleinliche Behandlung der wichtigsten Interessen von Seiten der am höchsten gestellten Aristokraten, welche politische und militärische Unfähigkeit zugleich erkennen lässt, besonders aber die Mittheilungen über die enorme Demoralisation des Heeres.

Zunächst und für jetzt allein beschäftigen mich Caesars Nachrichten über sämmtliche Gesandtschaften, welche nach Beginn des Bürgerkriegs in den beiderseitigen Hauptquartieren erschienen, um womöglich eine friedliche Beilegung des ausgebrochenen Streites zu ermöglichen.

Wir sind nicht im Stande, Caesars Nachrichten über dieselben weiter controlieren zu können mit Ausnahme derjenigen, welche er über die Gesandtschaft des N. Magius giebt, so dass wir an der Hand reichlich fliessender Quellen den tendenziösen Character der ganzen Schrift bis in das Einzelste hinein klar zu legen vermöchten. Der einfache Umstand jedoch, dass Caesar eine so ausführliche, bis ins Detail gehende und überall motivierte Erzählung dieser Friedensgesandtschaften giebt, beweist, in welchem Sinne er seine Memoiren vom Bürgerkrieg geschrieben hat. In Erwägung dieses Umstandes allein schon fühlt man sich unwillkürlich versucht, an die trugvolle Devise des zweiten Kaiserreichs: „l'empire c'est la paix" zu denken. Die ihm gegenüberstehende Quelle, das Geschichtswerk des Asinius Pollio, aus dem Appian [1] geschöpft [2]), hat entweder überhaupt nichts von jenen Gesandtschaften gewusst oder aber sie als so wenig ernstlich und so bedeutungslos angesehen, dass sie überhaupt nicht erwähnt worden sind. Ganz anders Caesar, dem ja vor allen Dingen daran liegen musste, nicht als der Landfriedensbrecher in den Augen des römischen Volkes zu erscheinen, der seine Memoiren also um jeden Preis in dem Sinne für sich reden lassen musste, als ob die Schuld des gesammten Krieges lediglich den Schultern der Pompejaner aufzubürden sei; ‚die invidia des hartnäckigen Friedensstörers wollte er auf seine Gegner fallen lassen'.

Wir haben es im ganzen Verlauf der Memoiren über den Bürgerkrieg mit fünf Verhandlungen über die Beilegung des Streites zwischen beiden Parteihäuptern zu thun, Verhandlungen, welche niemals direct und persönlich von beiden, sondern nur von Unterhändlern geführt werden, bei deren Erwähnung aber Caesar niemals die Bemerkung unterlässt und verabsäumt, dass er eine persönliche Unterredung, die lediglich und immer wieder an dem Starrsinn des Pompejus scheiterte, vorgezogen haben würde. Welch ein naives und aufrichtiges Bedauern enthalten so z. B. die Worte, mit denen der Gesandtschaft des Clodius Erwähnung geschieht [3]): sese omnia de pace expertum nihil adhuc arbitrari vitio factum eorum, quos esse auctores eius rei voluisset, quod sua mandata perferre non opportuno tempore ad Pompeium vererentur. Jeder Leser empfindet bei dieser so aufrichtig klingenden Bemerkung im Interesse der Sache den Wunsch, dass auch jetzt noch bei der Entwickelung des letzten Actes jenes Parteikrieges der Streit beigelegt werden möge; und doch scheint es klar, dass Caesar bei der damaligen Sachlage nach so mannigfachen Erfolgen und bei der offenbaren Absicht, die Entscheidungsschlacht bei Dyrrhachium herbeizuführen [4]), auf deren glücklichen Ausgang er rechnete, diesen Wunsch niemals hegen konnte. Ich hebe diese Worte hier gerade hervor, weil sie unter vielen anderen über diese Friedensversuche gemachten Bemerkungen in die Augen springen und behalte mir vor, weiter unten darauf zurückzukommen.

---

[1]) Appian, bellum civile 2, 25—89.

[2]) cf. Peter, die Quellen Plutarchs in den Biographien der Römer pg. 120. Max Grasshof, de fontibus et auct. Dionis Cassii Cocceiani. Diss. Bonn. 1867. pg. 103—108. cf. Glöde l. c. pg. 7.

[3]) cf. bell. civ. III, 57, 2.

[4]) bell. civ. III, cap. 56. omnibus deinceps diebus Caesar exercitum in aciem aequum in locum produxit, si Pompeius proelio decertare vellet, ut paene castris Pompei legiones subiceret.

Die ersten Verhandlungen, von denen Caesar selbst berichtet, wurden durch den gleichnamigen Sohn des früheren Legaten Caesars, L. Caesar, und den Praetor L. Roscius geführt [1]). Schon bei der Erzählung dieser ersten Verhandlungen tritt uns der tendenziöse Character der Schrift in auffälligem Licht entgegen.

Dieselben zerfallen in drei Theile:

1. die Aufträge der Gesandten an Caesar, .
2. die Aufträge des Caesar an Pompeius,
3. die Rückantwort an Caesar.

Den Schluss der Erzählung bildet dann eine bezeichnende Kritik der Pompeianischen Vorschläge von Seiten des Schriftstellers.

Ich kann und will hier nicht auf die Schilderung der durch die Forderungen beider Parteihäupter geschaffenen politischen Lage unmittelbar vor Ausbruch des Bürgerkriegs eingehen, die uns Caesar in der Einleitung zum bellum civile giebt und die schon sattsam Grundlage eingehender Untersuchung [2]) gewesen ist; ich beschränke mich lediglich auf eine kurze Untersuchung des Inhalts der beiden erwähnten Capitel des ersten Buches. Wir müssen, um uns ein klares Bild von dem Inhalt der Caesarischen Darstellung zu machen, den auf jene Gesandtschaft bezüglichen Bericht des Dio Cassius, der bekanntlich für diesen Theil seines Geschichtswerkes vorzüglich aus Caesar selbst schöpfte [3]), vergleichen, dessen Einzelheiten in mancher Beziehung aber abweichen.

Dio berichtet im 41. Buch seiner römischen Geschichte Cap. 5: ὁ οὖν Πομπήιος ἔκ τε τῶν περὶ τοῦ Καίσαρος αὐτῷ λεχθέντων, καὶ ὅτι ἰσχὺν ἀξιόμαχον οὔπω παρεσκεύαστο καὶ τοὺς ..... μετεβάλετο καὶ πρέσβεις πρὸς τὸν Καίσαρα Λούκιόν τε Καίσαρα συγγενῆ αὐτῷ ὄντα καὶ Λούκιον Ῥώσκιον στρατηγοῦντα αὐτεπαγγέλτους ἀπέστειλεν, εἴ πως τὴν ὁρμὴν αὐτοῦ ἐκφυγὼν ἔπειτ' ἐπὶ μετρίοις τισὶ συμβαίη.

Nach diesem Berichte schickt Pompeius unter dem Eindruck der erschreckenden Nachrichten von dem erfolgten Angriff des Caesar Gesandte an diesen, um mit ihm über eine billige Beilegung des Streites zu verhandeln, da er selbst sich nicht hinlänglich vorbereitet fühlt, um dem Angriff begegnen zu können. Dio lässt durchblicken, dass Pompeius nur auf ein Hinausschieben des Krieges denkt, um in der Zwischenzeit seine Rüstungen vollenden zu können; die Ueberzeugung, dass es auf ehrliche, definitive Beilegung des gesammten Streites abgesehen ist, können wir aus seiner Erzählung nicht gewinnen. Wie verhält es sich nun mit dem Bericht in Caesars Memoiren?

L. Caesar erscheint danach als offizieller Gesandter ni c ht im Auftrag des Pompeius, sondern im Auftrag des Senats, allerdings mit Privataufträgen des Pompeius; anders können die Worte nicht gedeutet werden: L. Caesar adulescens venit .... Is reliquo sermone confecto, cuius rei causa venerat, habere se a Pompeio ad eum privati officii mandata demonstrat [4]). Während sodann Dio mit ausdrücklichen Worten auf die Absicht des Pompeius, Verhandlungen wegen Beilegung des Streites anzuknüpfen, hinweist, berichtet Caesar durchaus anders. Nach seinen Mittheilungen will sich Pompeius lediglich durch seinen Gesandten oder vielmehr denjenigen des Senates rechtfertigen und Caesar die Schuld an dem Beginn des Kriegs aufbürden.

„Velle Pompeium se Caesari purgatum, ne ea, quae reipublicae causa egerit, ín suam contumeliam

---

[1]) cf. bell. civ. I, 8. 9. Ueber beide Persönlichkeiten cf. Kraner ad loc.

[2]) cf. Fried. Hofmann, de origine belli civilis Caesariani comment. Berl. 1857. und Mommsen, Röm. Gesch. III, pg. 848 ff.

[3]) cf. die oben erw. Abhandlungen von Peter, Grasshof und Glöde.

[4]) bell. civ. I, 8, 2.

vertat. Semper se reipublicae commoda privatis necessitudinibus habuisse potiora. Caesarem quoque pro sua dignitate debere et studium et iracundiam suam reipublicae dimittere neque adeo graviter irasci inimicis, ut, cum illis nocere se speret, reipublicae noceat" [1]). Kein Wort also von Vorschlägen, auf denen als Basis Verhandlungen hätten angeknüpft werden können. Sollte etwa Dio hier ungenau oder von der historischen Wahrheit abgewichen sein? Keineswegs — im Gegentheil hat Caesar dasjenige, was wir durch jenen erfahren, absichtlich verschwiegen, lediglich um sich den Anschein der Initiative für weitere Verhandlungen zu geben. In weiterer Benutzung der gebotenen Gelegenheit nemlich stattet Caesar seinerseits die Gesandten, den L. Caesar und Roscius, mit Aufträgen aus, die er als Grundlage von Verhandlungen angesehen wissen wollte: so hat er den Schein der Initiative für sich und zu gleicher Zeit durch ·Vermeidung jeglicher Notiz über die geringe Schlagfertigkeit des Gegners das Urtheil des Lesers über die grossen Erfolge der späteren Zeit im Voraus getrübt. Man sicht auch hier, ‚dass der Grundsatz, die Sprache sei dem Menschen gegeben, um seine Gedanken zu verbergen, nicht erst aus unserm Jahrhundert stammt' [2]).

Bezeichnend für die Tendenz der Memoiren ist aber weiter die Schilderung der zweiten Phase jener Gesandtschaft. Mit welcher Ausführlichkeit antwortet Caesar auf die mandata des Pompeius durch ähnliche Entschuldigungen, wie sie der Gegner vorgebracht hat! Er erinnert dabei an seine weiteren entgegenkommenden Schritte in Sachen des Friedens, die er früher gethan, das von seinen Feinden ihm angethane Unrecht und schliesst nach Wiederholung seiner schon früher gestellten Forderungen mit dem Vorschlag einer persönlichen Begegnung beider Parteihäupter. Niemand wird läugnen, dass das ganze neunte Capitel des ersten Buches mit der überlegtesten Vorsicht und einer ausgesuchten, diplomatischen Geschicklichkeit abgefasst ist [3]).

Einigermassen anders klingt dagegen der Bericht des Dio [4]): Ἀποκριναμένου δὲ ἐκείνου τά τε ἄλλα ἅπερ ἐπεστάλκει, καὶ ὅτι αὐτὸς τῷ Πομπηίῳ διαλεχθῆναι ἐθέλοι, τοῦτο μὲν οὐχ ἡδέως οἱ πολλοὶ ἤκουσαν, δείσαντες μὴ καὶ κατὰ σφῶν τι σύνθωνται. ἐπεὶ μέντοι οἱ πρέσβεις ἄλλα τε πολλὰ ἐπαινοῦντες τὸν Καίσαρα ἔλεγον, καὶ τέλος οὔτε τι κακὸν ὑπ' αὐτοῦ πείσεσθαί τινα καὶ τὰ στρατεύματα αὐτίκα ἀφεθήσεσθαι προσυπισχνοῦντο, ἥσθησαν, καὶ πρός τε ἐκεῖνον τοὺς αὐτοὺς αὖθις πρέσβεις ἔπεμψαν, καὶ ἠξίουν ἐπιβοῶντες ἀεὶ καὶ πανταχοῦ καὶ ἀμφοτέρους ἅμα αὐτοὺς τὰ ὅπλα καταθέσθαι. Diese erste Antwort des Caesar wird hier kaum berührt, jegliche weitläufige Erörterung vermieden — man wird unwillkürlich an Caesars Worte „pauca eiusdem generis" und „eadem fere atque eisdem verbis [5]" erinnert, nur dass bei Dio ein Wechsel des Subjects stattgefunden hat —, Dio verweilt länger bei dem Eindruck, welchen die Botschaft Caesars auf die Pompeianer machte und erwähnt dann die Gegenforderungen dieser.

Wir kommen somit zur dritten Phase jener Gesandtschaft. Inzwischen war nemlich Pompeius nach dem Süden Italiens aufgebrochen, verweilte selbst in Teanum [6]), während die andern Häupter seiner Partei in Capua ihr augenblickliches Hauptquartier hatten. Hier werden die Beschlüsse, die als Antwort gegeben werden sollen, gefasst. Mit auffälliger Kürze, die motiviert ist durch eine gewisse Erregtheit über die Unbilligkeit der Pompeianischen Forderungen, giebt Caesar ihren Inhalt an [7]): Caesar in Galliam

---

[1]) bell. civil. I, 8, 3. 4.
[2]) cf. Gloede, l. c. pg. 12.
[3]) cf. Cic. ad fam. 16, 12, 3, wo die Bedingungen mit unwesentlichen Abweichungen, freilich in anderer Fassung angeführt sind.
[4]) cf. bell. civ. 41, 5, 3. 4.
[5]) bell. civ. I, 8, 4.
[6]) cf. Cic. ad Att. VII, 14, 1.
[7]) bell. civ. I, 10, 3. 4.

reverteretur, Arimino excederet, exercitus demitteret; quae si fecisset, Pompeium in Hispanias iturum. Interea, quoad fides esset data, Caesarem facturum, quae polliceretur, non intermissuros consulem Pompeiumque delectus. Wie weit hier Caesar von dem thatsächlichen Inhalt der pompeianischen Forderungen abweicht, ist im Hinblick auf den Inhalt des vorhergehenden Capitals schwer zu beurtheilen, da er sich hier noch auf eine ausdrückliche Kritik jener Bedingungen einlässt; möglich bleibt es aber immerhin, dass wir es hier mit einer absichtlichen Uebertreibung, einer tendenziös falschen Auslegung des Wortlauts zu thun haben. Eine interessante Stelle in Cieeros Briefen wirft ein eigenthümliches Licht auf den Bericht Caesars. Dort heisst es [1]: Probata condicio est, sed ita, ut ille de iis oppidis, quae extra suam provinciam occupavisset, praesidia deduceret. Id si fecisset, responsum est, ad urbem nos redituros esse et rem per senatum confecturos. Vergleichen wir mit diesen Worten die sorgfältige Erwähnung der Caesarischen Forderungen in einem Briefe an Tiro [2], so fällt uns allerdings die unbestimmte Fassung der Pompeianischen Gegenforderuug mit ihrer hinausschiebenden Tendenz auf, was ja aus dem Briefstil zum Theil erklärt werden mag, zum Theil aus den einleitenden Worten probata est; immerhin aber will es mir scheinen, als ob Caesars Darstellung derjenigen Ciceros nachstehen müsse. Die Forderungen Caesars sollen weiter vor dem Senate verhandelt werden, wenn Caesar den status quo ante, also vor Beginn des Krieges wieder eingenommen hat und in seine Provinz Gallien zurückgekehrt sei. Der Zweck des Pompeius bei diesen Forderungen ist leicht zu erkennen: er will Zeit gewinnen, um seine Rüstungen vollenden zu können; dies geschieht, sobald lange und weitläufige Verhandlungen wieder aufgenommen werden. Caesar sah dies ein, verzichtete auf diese endlosen und für ihn zwecklosen Verhandlungen, musste aber bei der Darstellung dieser ganzen Episode, da er die geringe Schlagfertigkeit der Gegner, wie wir oben gesehen haben, überhaupt nicht anerkennen mag, den Forderungen des Pompeius und seiner Partei einen andern Anstrich in den Augen seiner Leser geben. So construirt er sich aus dem Sinne der Gesammtforderung Einzelforderungen, die practisch hätten werden können, wenn Caesar auf Italien verzichtet hätte und nach Gallien zurückgekehrt wäre. Mit einem gewissen Nachdruck schliesst er die Kritik dieser Forderungen des Pompeius mit den Worten: Tempus vero colloquio non dare neque accessurum polliceri magnam pacis desperationem afferebat. Wie oft kommt er später noch auf diese Friedensversuche — pristini instituti non oblitus [3] — zurück!

Ziehen wir das Resultat aus der bisherigen Betrachtung, so erreicht Caesar durch seinen Bericht: 1. dass er als derjenige erscheint, der die wirklichen Friedensverhandlungen beginnt; hier steht er im directen Widerspruch mit Dio; 2. dass er durch eingehende Mittheilung der den Gesandten mitgegebenen mandata die Aufrichtigkeit seiner friedlichen Absichten bekundet; und 3. durch möglicherweise entstellte Mittheilungen der Gegenforderungen des Pompeius sowohl den Eindruck der Unaufrichtigkeit des Gegners hervorruft als den Leser von der Unmöglichkeit, diese Bedingungen seinerseits anzunehmen, überzeugt.

Die zweite Notiz über stattgehabte Friedensverhandlungen finden wir im 26. Capitel des ersten Buchs. Der Bericht über die Gesandtschaft des Numerius Magius [4] vor dem Durchbruch des Pompeius durch die Belagerungsarbeiten des Caesar am Hafen von Brundisium ist bereits Gegenstand eingehender Erörterung gewesen, so dass ich mich bei der Besprechung derselben grösserer Kürze bedienen kann [5]. Das Resultat der Vergleichung des in den Memoiren vorliegenden Berichtes und der in einem Briefe Caesars an Oppius und Cornelius [6] enthaltenen Notizen ist unzweifelhaft, dass Caesar hier dem tendenziösen

---

[1] ad Att. 7, 14, 1.

[2] cf. Cic. ad fam. 16, 12, 3.

[3] cf. bell. civ. III, 57, 1.

[4] cf. bell. civ. I, 26, 2. I, 24. über die Person des Magius.

[5] cf. Fr. Eissenhardt, über die Glaubwürdigkeit von Caesars Commentt. Jahn. Jahrb. Bd. 85. 1862. S. 763 f. und Gloede l. c. 19. ff.

[6] cf. Cic. ad Att. IX, 13 A. und ebendas. 9, 7 C, 2, wo er über die Gefangennahme des N. Magius berichtet.

Character seiner Memoiren zu Liebe sich eine Entstellung der Wahrheit hat zu Schulden kommen lassen. Der Zweck ist derselbe wie bei jener ersten Gesandtschaft des L. Caesar und des Praetors Roscius, sich nemlich in den Augen des römischen Volkes als denjenigen hinzustellen, der zuerst die Hand zum Frieden bietet, so dass, wenn dieselbe von Seiten des Gegners zurückgewiesen wird, ‚die invidia des hartnäckigen Friedensstörers auf diesen fällt‘. Abgesehen von dieser Entstellung des Thatbestandes ist indes der ganze Bericht des Caesar einer weiteren Betrachtung werth. Nachdem Caesar sich darüber gewundert, dass Magius nicht zurückkehrt, klagt er, dass er durch diese Verzögerung in seinen kriegerischen Unternehmungen gehemmt worden sei, glaubt aber dennoch, um ja nach allen Seiten gerechtfertigt und vorwurfsfrei dazustehen, in einer zögernden Kriegführung beharren zu müssen — atqne ea res saepe temptata etsi impetus eius consiliaque tardabat, tamen omnibus rebus in eo perseverandum putabat [1]. Sollen wir nun, nachdem er den Magius zurückgeschickt hat, seinen ferneren Berichten §§. 3 — 6 vollen Glauben schenken? Caesar schickt nach denselben den Legaten Caninius Rebilus ab, um durch Vermittelung des Scribonius Libo, eines thätigen Anhängers des Pompeius, eine persönliche Zusammenkunft beider Feldherrn zu ermöglichen; magnopere sese confidere demonstrat, si eius rei sit potestas facta, fore, ut aequis condicionibus ab armis discedatur; cuius rei magnam partem laudis atque existimationis ad Libonem perventuram, si illo auctore atque agente ab armis sit discessum [2]. Libo nimmt die Sache auch wirklich in die Hand und begiebt sich zum Pompeius. Wie wunderbar klingt aber nun der Schluss: Paulo post renuntiat, quod consules absint, sine illis non posse agi de compositione [3]. Es würde hierin nichts besonders Auffälliges liegen, wenn wir nicht wüssten, dass Numerius Magius zuerst vom Pompeius geschickt über den Frieden mit Caesar hatte verhandeln sollen. Den Inhalt der von Magius sowohl dem Caesar vom Pompeius als dem Pompeius vom Caesar überbrachten Forderungen kennen wir nicht, er findet sich weder in den betr. Briefen des Cicero noch in den Memoiren; gleichwohl dürfen wir annehmen, dass die Bedingungen ähnliche waren, wie die früher erwähnten [4]. Pompeius mochte die Erfolglosigkeit solcher Verhandlungen ebenso gut wie früher einsehen und versteckte sich daher hinter jene Ausrede, dass er ohne die abwesenden Consuln nicht verhandeln könne; es war dies ohne Zweifel eine ebenso billige als unkluge Entschuldigung, die Caesar in seinem Sinne auszubeuten wohl verstanden hat. Wäre es dem Pompeius Ernst mit den Verhandlungen gewesen, so hätte er auf eigene Verantwortung auch in Abwesenheit der Consuln verhandeln können, auf keinen Fall aber durfte er die Entschuldigung jetzt gebrauchen, um nicht den Schein der Initiative, die er ja einmal ergriffen hatte, zu verlieren. Dass sich übrigens die Sache, so wenig glaublich sie auch scheint, doch so verhielt, beweisen die Worte in Ciceros Briefen [5]: Quod consules laudas etc. Discessu enim illorum actio de pace sublata est; quam quidem meditabar.

Dass ferner Caesar damals wirklich Friedenshoffnungen hegte, können wir einestheils aus seiner Lage schliessen, anderntheils aus jenem Briefe, in welchem er selbst uns den Beweis für die in seinen Memoiren vorliegende Entstellung des Thatbestandes an die Hand giebt. Er war ja jetzt Herr Italiens und konnte seine früheren Forderungen mit ungleich grösserem Nachdruck als bei Beginn des Krieges aufrecht erhalten, er beherrschte in der That die Situation und konnte darum wohl eine Beilegung des Streites als seinen Zwecken entsprechend ansehen. Man vergleiche aber noch ferner den unter dem Eindruck der Ereignisse und in einer gewissen erwartungsvollen Spannung aus kurzen, abgerissenen Sätzen

---

[1] bell. civ. I, 26, 2.
[2] bell. cie. I, 26, 4.
[3] bell. civ. I, 26, 5.
[4] cf. bell. civ. I, 9 und 10.
[5] ad Att. IX, 9, 2.

bestehenden Brief an Oppius und Cornelius [1]): A. d. VII. Id. Mart. Brundisium veni; ad murum castra posui. Pompeius est Brundisii. Misit ad me N. Magium de pace. Quae visa sunt, respondi. Hoc vos statim scire volui. Cum in spem venero de compositione aliquid me conficere, statim vos certiores faciam.

Nicht ohne besonderen Accent schliesst Caesar das 26. Capitel mit den Worten: Ita saepius rem frustra temptatam Caesar aliquando dimittendam sibi iudicat et de bello agendum.

Bei der Zusammenfassung des Ganzen können wir auch in diesem Capitel wieder den tendenziösen Character der gegebenen Darstellung 1. in der absichtlichen Entstellung historischer Thatsachen, 2. in der breiten und ausführlich motivierten Erzählung der Nachgesandtschaft des Caninius Rebilus, 3. endlich in der absichtlichen Kürze erkennen, mit welcher Caesar die kurzangebundene und so wenig ernstlich ins Gewicht fallende Antwort des Pompeius anführt. Der Leser verdenkt es nach dieser kurzen, ich möchte fast sagen schnöden Abweisung dem Caesar keineswegs, wenn er jetzt ernstlich an energische Krieg-führnng denkt.

Ganz zu der Erzählung dieser beiden Gesandtschaften passen die bei seiner ersten Anwesenheit in Rom von Caesar an den zusammenberufenen Senat gerichteten Worte; in diesen legt er einestheils seine Stellung zu denjenigen Fragen, die den Ausbruch des Krieges veranlassten, dar, anderntheils weiss er alle diejenigen Momente, welche die alleinige Schuld am Ausbruch des Bürgerkriegs auf die Schultern der Gegner zu schieben im Stande sind, geschickt hervorzuheben und zu betonen. Es würde der Tendenz seiner Memoiren wenig entsprechen, wollte er eine Gelegenheit, bei welcher er die Schuld von sich ab-wälzen und den Gegnern aufbürden könnte, vorübergehen lassen. Seine Friedensliebe und die von ihm veranlassten Friedensgesandtschaften spielen dabei begreiflicherweise keine untergeordnete Rolle: Patientiam proponit suam, cum de exercitibus dimittendis ultro postulavisset; in quo iacturam dignitatis atque honoris ipse facturus esset. Acerbitatem inimicorum docet, qui, quod ab altero postularent, in se recusarent atque omnia permisceri mallent quam imperium exercitusque dimittere.... condiciones a se latas, expetita colloquia et denegata commemorat [2]).

Um dieser Darstellung noch mehr Nachdruck zu geben, macht er auch jetzt wieder den Vor-schlag, Gesandte an Pompeius zu schicken, um von Neuem über den Frieden zu verhandeln, nur Schade, dass sich Niemand findet, der sich der Mission zu unterziehen wagt: Legatos ad Pompeium de compositione mitti oportere, neque se reformidare, quod in senatu Pompeius paulo ante dixisset, ad quos legati mitterentur, his auctoritatem attribui timoremque eorum, qui mitterent, significari. Tenuis atque infirmi haec animi videri. Se vero, ut operibus anteire studuerit, sic iustitia et aequitate velle superare [3]). Wie edel klingen diese Worte im Munde des Parteiführers! Im Interesse des Friedens, der guten Sache müsse man selbst dasjenige thun, was die Gegner ein Thun aus Furcht nennten. Vor dem wirklichen Vorwurf der Furchtsamkeit schütze die innewohnende bessere Ueberzeugung von Recht und Billigkeit. Wie kommt es aber, dass sich trotz dieser überzeugenden und massvollen Worte Niemand findet, der die Gesandtschaft hätte übernehmen wollen? Caesar giebt die Antwort mit den Worten: Probat rem senatus de mittendis legatis; sed qui mitterentur, non reperiebantur, maximeque timoris causa pro se quisque id munus legationis recusabat [4]). Caesar motiviert die Weigerung der Senatoren mit Aeusserungen des Pompeius, die er vor seiner Abreise aus Rom gethan haben sollte; mag dem sein, wie ihm wolle, bedenklich scheint es doch, dieser Annahme zu folgen, zumal es wahrscheinlicher ist, dass sich deswegen

---

[1]) ad Attic. XIII. A. 1.
[2]) bell. civ. I, 32, 4 ff.
[3]) bell. civ. I, 32, 8.
[4]) bell. civ. I, 33, 1.

Niemand fand, weil Caesar Niemand finden wollte. Der tendenziöse Character offenbart sich hier wie in den früher behandelten Theilen seiner Memoiren, zumal wenn man die sehr bezeichnende Notiz des Plutarch dazu vergleicht [1]: ὑπήκουσε δ'οὐδεὶς, εἴτε φοβούμενοι Πομπήϊον, ἐγκαταλελειμμένον, εἴτε μή νομίζοντες οὕτω Καίσαρα φρονεῖν, ἀλλ' εὐπρεπείᾳ λόγων χρῆσθαι.

Es vergeht eine lange Zeit, bevor sich eine neue Gelegenheit zu Friedensverhandlungen mit Pompeius bietet; die Kämpfe in Spanien, vor Massilia und in Afrika, deren Schilderung den Rest des ersten und das ganze zweite Buch der Memoiren einnimmt, werden soweit von dem Aufenthaltsort des Pompeius geführt, dass an Friedensverhandlungen füglich nicht gedacht werden konnte. Dagegen finden wir in dem dritten Buche der Memoiren, sobald Caesar auf griechischem Boden in der Nähe der Pompeianischen Hauptmacht angekommen ist, auch sofort wieder Versuche zu Verhandlungen erwähnt, die eine gütliche Beilegung des Streites zum Zwecke hatten.

Beide Versuche scheitern an der geringen Geneigtheit der Gegenpartei, was Caesar jedoch nicht hindert über beide sich in detaillierter Weise zu verbreiten. Zunächst beschäftigen uns die mandata, welche Vibullius Rufus, in den Memoiren den Titel ‚Pompei praefectus‘ führend, wahrscheinlich praefectus fabrum [2], im Auftrage des Caesar dem Pompeius überbringen soll. Dabei dürfen wir zuerst nicht vergessen, dass wir es in der Person des Vibullius nicht mit einem offiziellen Gesandten, sondern mit einem vollständigen Parteimanne zu thun haben, dessen sich Caesar lediglich bedient, weil ihm das Kriegsglück denselben in die Hände geführt hatte. Von vorneherein durfte er daher nicht erwarten, dass Vibullius mit besonderem Eifer jene Verhandlungen führen werde. Dieser Umstand findet in den Memoiren keine Erwähnung, da Caesar die Wichtigkeit, welche er diesem Versuche zur Herstellung des Friedens beigelegt wissen will, dadurch nur abgeschwächt haben würde.

Vibullius war zweimal während des bellum civile in die Gewalt des Gegners gerathen [3], einmal bei Corfinium, das anderemal bei der Capitulation der spanischen Truppen des Pompeius, die unter der Führung des Afranius und Petreius gestanden hatten. Beidemal war er von Caesar wieder entlassen worden, zuletzt mit dem gesammten Heere des Afranius am Varus, dem Grenzfluss von Gallia cisalpina und transalpina. Hier war es, wo ihm Caesar jene erwähnten Friedensmandate mitgegeben haben will: hunc pro suis beneficiis Caesar idoneum iudicaverat, quem cum mandatis ad Cn. Pompeium mitteret, eundemque apud Cn. Pompeium auctoritatem habere intellegebat [4]. Der Inhalt dieser mandata beruht vollkommen auf der jenem Zeitpunkte entsprechenden Sachlage; Pompeius hatte auf Italien verzichten müssen, hatte Sicilien, Sardinien und beide spanischen Provinzen verloren, dazu bedeutende Verluste erlitten, die seine Armee betroffen hatten; Caesar dagegen stand unter dem unmittelbaren Eindruck der Niederlage in Africa, die das Heer des Curio vernichtet hatte, und der Capitulation des C. Antonius mit 15 Cohorten auf der kleinen illyrischen Insel Curicta (jetzt Veglia) [5]. Im Hinblick auf diese Kriegsereignisse konnte daher Caesar nicht ohne Grund die Mahnung ertheilen: satis esse magna utrimque incommoda accepta, quae pro disciplina et praeceptis habere possent, ut reliquos casus timerent [6]; darauf: proinde sibi ac reipublicae parcerent, cum, quantum in bello fortuna posset, iam ipsi incommodis suis satis essent documento. Hoc unum esse tempus de pace agendi, dum sibi uterque confideret et pares ambo viderentur; si vero alteri paulum modo tribuisset fortuna, non esse usurum condicionibus

---

[1] Plut, Caes. 35, 3.
[2] cf. Manutius zu Cic. ad fam. 2, 17 pg. 201 und Cic. ad Att. 9, 7 C. cf. Kraner z. St.
[3] cf. bell. civ. I, 34, 1. I, 38, 1. III, 10, 1.
[4] bell. civ. III, 10, 2.
[5] cf. Appian 2, 47; Cass. Dio 41, 10. Schol. zu Lucan. 7, 404. Liv. Ep. 110. Florus 4, 2. Orosius 6, 15. Suet. Caes. 36. cf. Kraner zum bell. civ. III, 8 s. f. Die hier sich findende Lücke füllte ohne Zweifel einst diese Erzählung aus.
[6] bell. civ. III, 10, 4.

pacis eum, qui superior videretur, neque fore aequa parte contentum, qui se omnia habiturum confideret [1]. Caesar macht sodann den Vorschlag, die Friedensbedingungen, über deren Feststellung man sich früher nicht habe einigen können, zu Rom vom Senat und Volk feststellen zu lassen. ‚Unterdessen, bis Senat und Volk die Bedingungen des Friedens festgestellt hätten, müssten sie dies für zweckmässig halten, dass die Heere entlassen und die Feindseligkeiten eingestellt würden.‘ Die Worte §. 10: ‚Haec quo facilius Pompeio probari possent, omnes suas terrestres urbiumque copias dimissurum‘ sind als im Widerspruch mit §. 9 stehend mit Hug [2] zu streichen.

Betrachten wir diese summa mandatorum, bevor wir zur letzten von Caesar über diesen Friedensversuch gemachten Bemerkung übergehen, an sich, so fällt uns abgesehen von der Persönlichkeit und Stellung des Vertrauensmannes, dessen er sich bediente, der eigentliche Inhalt der Forderungen und Vorschläge selbst auf. Leider sind wir hier nicht im Stande, den Bericht Caesars an der Hand anderer Quellen controlieren zu können, wozu wir bei den früheren Verhandlungen wenn auch nur in dürftiger Weise im Stande waren; immerhin glaube ich aber, dass eine gewisse Tendenz des Berichtes sich hier gerade so gut erkennen lässt, wie in den früher behandelten Theilen der Memoiren. Sollte es wirklich seinen eigensten Absichten entsprochen haben, wenn Pompeius nach Kenntniss der mandata den Gegner beim Worte genommen hätte? Würde er, der Herr Italiens, des Heerdes der Bewegung, der Besitzer der beiden Spanien, der Besieger eines wichtigen Theiles der gegnerischen Armee für den Fall, dass Pompeius ein Gleiches that, seine zuverlässige Kriegsmacht (depositis armis auxiliisque, quibus nunc confiderent) so mir nichts dir nichts entlassen haben, um sich dem immerhin etwas unzuverlässigen Schiedsgericht des Volkes und Senates zu fügen? Die Antwort auf diese Fragen kann nicht zweifelhaft sein — hier passt meiner Ansicht nach das geflügelte Wort Schillers: ‚Wär' der Gedanke nicht so verwünscht gescheidt, man wär' versucht, ihn herzlich dumm zu nennen‘. Caesar fährt auch nach Abgang des Rufus ruhig in seinen Operationen weiter fort und wird wohl nicht lange nach Ankunft seines Vertrauensmannes auf griechischem Boden ebendaselbst gelandet sein. Den Schein, auch hier wie immer der stets Bereitwillige zum Frieden gewesen zu sein, hat er der Masse seiner Leser gegenüber auf seiner Seite, er weiss ihn noch zu erhöhen durch die überaus bezeichnende Bemerkung über die Gegner, die es gar nicht für nothwendig hielten, jene mandata ihrem Feldherrn zu überbringen; beiläufig mag wohl — und dies ist der den Worten Caesars cap. 11, 1 zu Grunde liegende Gedanke — Vibullius dem Pompeius jene mandata mitgetheilt haben, als er ihm die seiner Meinung nach ungleich wichtigere Nachricht von der Ankunft Caesars auf griechischem Boden überbrachte. Die geringe Geneigtheit des Vibullius zur Uebermittelung der mandata im ersten Theil der Periode tritt in scharfen Gegensatz zu der Eile, mit welcher er die erwähnte Nachricht überbringt, im zweiten Theile: ‚Vibullius his expositis Corcyrae non minus necessarium esse existimavit de repentino adventu Caesaris Pompeium fieri certiorem, uti ad id consilium capere posset, antequam de mandatis agi inciperetur, atque ideo continuato nocte ac die itinere atque omnibus oppidis mutatis ad celeritatem iumentis ad Pompeium contendit, ut adesse Caesarem nuntiaret‘ [3]. Ich glaube mit Nipperdey und Hofmann gegen Kraner diese gegebene Lesart aufrecht erhalten zu müssen, indem ich dabei nur eins noch geltend machen möchte, was bisher nicht erwähnt worden ist; es betrifft dies die enge Zusammengehörigkeit der beiden Sätze ‚uti ad id consilium capere posset, antequam de mandatis agi inciperetur‘. Vibullius wünscht nach diesen Worten, dass Pompeius gegen den in Griechenland bereits weilenden Caesar seine Massnahmen treffe, ehe er irgendwie an Verhandlungen über jene Mandate denke; die kriegerischen Operationen sollen also nach seiner Auffassung die diplomatischen

---

[1] cf. bell. civ. III, 10, 6. 7.
[2] cf. Philol. XI, pg. 665.
[3] bell. civ. III, 11, 1.

überholen und unmöglich machen; ich denke, die geringe Bereitwilligkeit der Gegner zu den letzteren ist damit hinlänglich in den Augen des Lesers gekennzeichnet. In der That wird auch der Bemühungen des Vibullius späterhin noch einmal in solchem Sinne gedacht; mit wie kurzen Worten weist da Pompeius eine eingehendere Behandlung jener Bedingungen zurück, wie inhaltslos klingen die Gründe in dem Berichte Caesars, die ihn dazu bewogen: ‚Vibullius sedato tumultu, quem repentinus Caesaris adventus concitaverat, ubi primum e re visum est, adhibito L. Lucceio et Theophane, quibuscum communicare de maximis rebus Pompeius consueverat, de mandatis Caesaris agere instituit. Quem ingressum in sermonem Pompeius interpellavit et loqui plura prohibuit. ‚Quid mihi, inquit, aut vita aut civitate opus est, quam beneficio Caesaris habere videor? cuius rei opinio tolli non poterit, cum in Italiam, ex qua profectus sum, reductus existimabor.‘ Bello perfecto ab iis Caesar haec facta cognovit, qui sermoni interfuerunt. Conatus tamen nihilo minus est aliis rationibus de pace agere‘.[1] Mag nun übrigens der tendenziöse Character des Caesarischen Berichts gerade in der behandelten Stelle besonders hervortreten, so halte ich es doch nicht für überflüssig, hier noch einmal auf die meisterhafte, in so kurzen und doch so überaus klaren Strichen gegebene Schilderung der beiderseitigen politischen Lage, wie sie cap. 10, 5—8 sich findet, hinzuweisen.

Kurz nach Ankunft des Caesar auf griechischem Boden scheint sich eine neue Gelegenheit zur Anknüpfung von Verhandlungen mit Pompeius zu bieten[2]. Als beide Heere am Apsus, doch getrennt durch diesen Fluss, einander gegenüber liegen, ohne sich auf weitere Feindseligkeiten einzulassen, beschliesst Caesar eine Expedition nach den weiter südlich gelegenen Landschaften zu machen, um dem empfindlichen Mangel an Lebensmitteln in seinem Lager Abhülfe zu verschaffen. Wir müssen uns dabei vergegenwärtigen, dass Caesar erst die Hälfte seiner gesammten, für den Krieg disponiblen Streitmacht, 6 Legionen, ungefähr 20000 Mann und 600 Reiter auf griechischem Boden bei sich hat[3], während er die andere Hälfte, die unter Marcus Antonius in Brundisium verweilte, noch erwartete. Die Ankunft derselben wurde verzögert, da bekanntlich der Flottencommandeur des Pompeius, Bibulus, die vor Griechenland nach Italien zurückkehrenden Schiffe des Caesar, welche den ersten Transport glücklich besorgt und zu Stande gebracht hatten, angegriffen und zum Theil genommen, zum Theil verbrannt hatte. Seinen Fehler, jene eine Hälfte des Caesarischen Heeres an der Ueberfahrt nicht gehindert zu haben, wollte Bibulus jetzt dadurch wieder einigermassen gut machen, dass er die gesammte Küste bis Salona hinauf auf das Schärfste bewachen liess[4]. Caesar konnte dagegen nichts anderes thun, als Bibulus seinerseits vom Landen an irgend welchem Punkte der festländischen Küste abzuhalten: ‚praesidiis enim dispositis omnia litora a Caesare tenebantur, neque lignandi atque aquandi neque naves ad terram religandi potestas fiebat‘[5]. Die Vorgänge, die Caesar in den erwähnten Capiteln seiner Memoiren erzählt, fallen in die Wintermonate des Jahres 49; die Trennung der beiden Hälften des Caesarischen Heeres dauerte vom 5. November 49 bis in den Februar 48[6], in welch letzterem Monat Antonius durch glückliche Winde begünstigt den Hafen Nymphaeum an der illyrischen Küste erreicht. Die übrigen in diese Zeit fallenden Ereignisse, einen vergeblichen Versuch des Pompeius, das Lager des Feindes am Apsus anzugreifen, sowie einen Versuch Caesars, selbst nach Brundisium in einem kleinen Boot zu gehen, um sich von dem Stande der Dinge daselbst persönlich Kenntniss zu verschaffen[7], darf ich hier übergehen, um lediglich diejenigen Ereignisse, die Caesar selbst uns berichtet, zu beleuchten.

---

[1] bell. civ. III, 18, 8—6.
[2] cf. bell. civ. III, cap. 15—17.
[3] cf. bell. civ. III, cap. 6, 2 und Göler, die Kämpfe bei Dyrrhachium und Pharsalus pg. 4. 5.
[4] cf. bell. civ. III, 8.
[5] cf. bell. civ. III, 15, 1. 2.
[6] cf. bell. civ. III, 6. Kraner z. St.
[7] cf. Dio Cassius 41, 46. 47.

Als Caesar auf jener oben erwähnten Expedition nach den südlicher gelegenen Landschaften und Städten abwesend ist, erhält er ein Schreiben seiner Legaten M. Acilius und Statius Murcus, von denen der eine Commandant der Stadt Oricum, der andere Commandeur einer Küstenwache ist, des Inhalts, dass die beiden Flottenanführer des Pompeius, Libo und Bibulus, sie um eine Unterredung angegangen hätten [1]. Caesar hält die Sache für wichtig genug, um selbst nach Oricum zurückzukehren und die weiteren Verhandlungen in die Hand zu nehmen. Die Aeusserungen, die jene bei der ersten Unterredung mit Acilius und Murcus gethan haben, rechtfertigen dieses persönliche Erscheinen des Feldherrn vollständig; sie hatten erklärt: velle se de maximis rebus cum Caesare loqui, si sibi facultus detur. Huc addunt pauca — so fährt der Bericht fort [2] — rei confirmandae causa, ut de compositione acturi viderentur. Interim postulant, ut sint indutiae atque ab iis impetrant. Magnum enim, quod afferebant, videbatur et Caesarem id summe sciebant cupere et profectum aliquid Vibullii mandatis existimabatur. Die beiden Legaten glaubten also bestimmt, dass es sich um Friedensverhandlungen handle, noch mehr, sie wussten, wie sehr Caesar das Zustandekommen des Friedens wünsche und waren der Meinung, dass jene Aeusserungen des Libo und Bibulus im Zusammenhang ständen mit den mandata des Vibullius. Ohne an dem objectiven Thatbestand, dass auf jene Aeusserungen der beiden Flottenanführer hin von den Legaten des Caesar ein augenblicklicher Waffenstillstand bis zur Ankunft des Feldherrn bewilligt wurde, irgendwie zu zweifeln, müssen wir die subjective Färbung des Berichts doch einer Kritik unterziehen. Derselbe bietet zwei Anhaltepunkte zu einer solchen; zuerst haben die Pompeianischen Führer nicht ausdrücklich erklärt, über eine friedliche Beilegung des Streites verhandeln zu wollen, was durch ihre spätere Erklärung dem Caesar selbst gegenüber — summam suam esse ac fuisse semper voluntatem, ut componeretur atque ab armis discederetur, sed potestatem eius rei nullam habere, propterea quod de consilii sententia summam belli rerumque omnium Pompeio permiserint [3] — nur bestätigt wird; das Gehässige der Täuschung also [4], die sie beabsichtigten, wird dadurch bedeutend gemildert, dass es als Schuld des Acilius und Murcus erscheint, wenn hinter Aeusserungen Dinge gesucht und an solche Vermuthungen angeknüpft werden, welche jeglichen Grund entbehrten. Wenn sodann — und das ist der zweite Punkt, der jene subjective Färbung des Berichts recht kennzeichnet und sie in tendenziösem Lichte erscheinen lässt — die beiden Legaten als in die friedlichen Absichten ihres Feldherrn eingeweiht erscheinen, wenn sie sogar vermuthen, dass die Bitte der Flottenanführer um eine Unterredung mit den mandata des Vibullius in Verbindung stehen könne, so stellt Caesar damit der Voreingenommenheit seiner Leser doch eine ziemlich starke Zumuthung. Bisher sind allerdings von beiden Seiten Versuche zu einer friedlichen Beilegung des Bürgerzwistes gemacht worden, immerhin aber nur Versuche, deren Aufrichtigkeit wegen des ungeschmälerten Fortgangs der Ereignisse von jedem Betheiligten bezweifelt werden musste; Acilius und Murcus werden kaum die Ansicht gehabt haben, dass ihrem Feldherrn eine compositio so recht am Herzen liege. Die Aufträge des Vibullius waren aber so alten Datums, dass kaum noch an ein Eingehen von Seiten des Pompeius auf dieselben gedacht werden konnte, zumal da die Situation seit der zweiten Entlassung des Vibullius sich durchaus geändert hatte.

Anders stellt sich der Bericht vom Standpunkt des Lesers allein aus. Unmittelbar vorher [5] war die Rede gerade von diesen mandata, so dass man wohl versucht sein kann, beim raschen Darüberhinlesen die Beziehung der Aeusserungen des Libo und Bibulus zu diesen mandata des Vibullius gerechtfertigt zu finden. Caesar erreicht so mit dem Schlusssatz des 15. Capitels einen doppelten Zweck: einmal lässt er

---

[1]) cf. bell. civ. III, 16, 1. 2.
[2]) bell. civ. III, 15, 7.
[3]) bell. civ. III, 16, 4.
[4]) cf. bell. civ. III, 17, 6.
[5]) bell. civ. III, 10, 11.

sich als den zu Verhandlungen stets bereiten, friedfertigen Bürger von seinen eignen Unterbefehlshabern hinstellen, anderntheils will er den Leser wieder an die Wichtigkeit erinnern, die er' den dem Vibullius mitgegebenen mandata beilegte und beigelegt wissen will.

Acilius und Murcus riefen sodann Caesar aus Buthrotum herbei, weil sie von Libo dazu veranlasst worden waren; es folgt die Verhandlung über die von den Pompeianern vorgebrachten Punkte mit Caesar selbst [1]). Die Forderungen des Caesar erscheinen kurz und präcis den kaum verständlichen des Libo gegenüber. Nach dem Bericht der Memoiren liegt den Pompeianischen Flottenanführern vor allen Dingen an dem Zustandekommen eines Waffenstillstandes, den sie zu benutzen denken, um dem auf ihren Schiffen herrschenden Mangel an Lebensmitteln, Holz und frischem Wasser durch Benutzung der festländischen Hülfsquellen abzuhelfen, da ihnen die Fahrt nach ihrer bisherigen Flottenstation Corcyra durch die herrschenden Winterstürme bedeutend erschwert ist [2]). Die Verlängeruug dieses Waffenstillstandes, der ihnen vorläufig von den Legaten des Caesar bewilligt ist, können sie von Caesar nicht anders erlangen, als wenn sie Gegenleistungen in Aussicht stellen. Sie thun dies nicht, denn unmöglich kann man in der von Libo gemachten Aussicht, etwaige Friedensvorschläge von Seiten des Caesar bei Pompejus unterstützen zu wollen — sed postulatis Caesaris cognitis missuros ad Pompeium atque illum reliqua per se acturum hortantibus ipsis [3]) — eine Gegenleistung erblicken. Caesar aber lässt den Gegner absichtlich sich so unklar aussprechen, um die Unbilligkeit, die in den Forderungen desselben liegt, desto schärfer hervortreten zu lassen. Er selbst erscheint dadurch mehr als gerechtfertigt, wenn er auf solche Propositionen, die für den Fall ihrer Gewährung nur den Gegnern Vortheile in die Hände spielen und offenbar gemacht sind, um zur Abhülfe des augenblicklichen Mangels Zeit zu gewinnen, nicht eingeht und sie einfach von der Hand weist. So fügt er denn die vornehm klingenden Worte hinzu: „Quibus rebus neque tum respondendum Caesar existimavit, neque nunc, ut memoriae prodantur, satis causae putamus [4])“. Doch damit noch nicht genug. Ist der Leser auch bereits durch den vorausgehenden Bericht, nach welchem die Flottenanführer ohne Vollmacht von Seiten des Pompeius und ohne irgend welche Gegenleistung für einen eventuell zu gewährenden Waffenstillstand in Aussicht zu stellen, mit Caesar verhandeln, gegen dieselben eingenommen, so weiss Caesar das definitive Urtheil über diese ganze Sache dadurch zu seinem Vortheil festzustellen, dass er seine kurz und bündig ausgesprochenen Forderungen denen des Libo entgegenstellt. Dem Vorschlag des Libo nemlich, aus seiner eignen Umgebung Leute mit den Bedingungen des Caesar zum Pompeius zu schicken, ein Fall, in welchem das Urtheil und der Entschluss des Pompeius nur zu leicht beeinflusst werden konnte, stellt Caesar den anderen gegenüber, selbst Gesandte zum Pompeius schicken zu wollen, für deren sicheres Geleit Libo und Bibulus Sorge tragen sollten: postulabat Caesar, ut legatos sibi ad Pompeium sine periculo mittere liceret, idque ipsi fore reciperent aut acceptos per se ad eum perducerent [5]). Gewiss eine billige Forderung, um den Verhandlungen von vorne herein einen ehrlichen Character zu sichern. Der ferneren Forderung des Libo, seiner condicio sine qua non gegenüber erklärt Caesar, dass es, um Friedensverhandlungen anzuknüpfen, eines Waffenstillstands überhaupt nicht bedürfe, dass dieser aber, falls er zu Stande gebracht werden solle, auf gleicher und für beide Parteien gerechter Grundlage beruhen müsse. Während Libo die Hülfsquellen der festländischen Küste Griechenlands benutze, um seinen Verlegenheiten abzuhelfen, müsse seiner in Brundisium noch harrenden Heereshälfte gestattet werden, die Ueberfahrt nach Griechenland ohne weitere Behinderung von Seiten der Pompeianer zu bewerkstelligen: quod ad indutias pertineret, sic belli rationem esse divi-

---

[1]) bell. civ. III, 16. 17.
[2]) bell. civ. III, 15, 3. 4.
[3]) bell. civ. III, 16, 5.
[4]) bell. civ. III, 17, 1.
[5]) cf. bell. civ. III, 17, 2.

sam, ut illi classe naves auxiliaque sua impedirent, ipse ut aqua terraque eos prohiberet. Si hoc sibi remitti vellent, remitterent ipsi de maritimis custodiis: si illud tenerent, se quoque id retenturum. Nihilo minus tamen agi posse de compositione, ut haec non remitterentur, neque hanc rem esse impedimenti loco [1]). Mit diesen Gegenforderungen hatte Caesar den Zweck des Libo blossgelegt, seinen Forderungen die hüllende Larve abgezogen: seine Antwort darauf enthält den Verzicht auf den Waffenstillstand, der, wäre er nach obigen Gesichtspunkten zu Stande gekommen, mehr im Interesse Caesars als im Interesse der Pompeianischen Flotte, was doch ursprünglich beabsichtigt war, gewesen wäre. Caesar schliesst seinen Bericht mit den Worten: Quem (sc. Libonem) Caesar intellexit praesentis periculi atque inopiae vitandae causa omnem orationem instituisse neque ullam spem aut condicionem pacis afferre, ad reliquam cogitationem belli sese recepit [2]).

Caesar hat denn somit durch billige und in der Natur der gesammten Situation begründete Forderungen die Absicht der Gegner auf eine Täuschung zu Schanden gemacht; durch seinen Bericht ist es ihm ferner gelungen, sich als den ehrlichen, offenen, für Verhandlungen mit dem Gegner stets bereiten, dabei aber sicher die augenblicklichen Verhältnisse beherrschenden, seine Zwecke fest verfolgenden und klaren Feldherrn und Staatsmann hinzustellen, während er die Flottenführer des Gegners als selbstsüchtige, nur auf eigenen Vortheil bedachte, den Gegner unterschätzende, dabei aber wenig gewandte, der Beurtheilung der Verhältnisse keineswegs gewachsene und in Noth und Bedrängniss zu kleinlichen Mitteln ihre Zuflucht nehmende Männer hinstellt. Schliesslich aber dürfen wir nicht vergessen, dass es sich bei dieser ganzen Sache, welche Caesar so vieler Worte werth hält, um eine jener beliebten Kriegslisten handelt, durch welche man einen kurzen augenblicklichen Vortheil über den Gegner zu gewinnen oder sich aus einer augenblicklichen Verlegenheit zu helfen hofft, ohne dabei die Absicht zu haben, entscheidend auf den gesammten Gang des Kriegs einzuwirken. Es war ja möglich, dass, bevor Caesar noch aus Buthroton herbeikam, der Zweck des Libo und Bibulus erreicht wurde oder dass Caesar wie so oft schon eine Verhandlung mit Pompeius begann, aus deren Verlauf sie einigen Vortheil hätten ziehen können; dass dies nicht geschah, veranlasst Caesar, einen seiner wohl gezielten und selten fehlenden Pfeile auf den Gegner abzuschiessen. Mit nicht zu verkennendem Geschick weiss der gewandte Memoirenschreiber das Urtheil des Lesers vorzubereiten, zu lenken und zu bestimmen.

Bevor wir zu den letzten, von Caesar in offizieller Weise versuchten Friedensverhandlungen kommen, müssen wir kurz eines Zwischenfalls Erwähnung thun, der in gewissem Zusammenhang mit solchen stehend von Caesar mit einer scheinbar nicht unbegründeten Weitschweifigkeit erzählt wird. Zwischen den Soldaten beider Heerführer nemlich entspann sich, so lange man zu beiden Seiten des Apsus einander gegenüber lag, ein gewisser freundschaftlicher Verkehr [3]). In Folge davon versucht Caesar durch seinen Legaten Publius Vatinius weiteren Einfluss auf die Soldaten des Pompeius zu gewinnen; es sollen von beiden Seiten Leute abgeordnet werden, um im Namen des Heeres die Feldherrn zu veranlassen, von Neuem die Verhandlungen über einen eventuellen Frieden anzuknüpfen. Der Zweck des Caesar, den er dabei verfolgte, ist unschwer zu erkennen; er wollte bei dem Heere des Pompeius denselben Eindruck hervorrufen, den er durch seinen spätern Bericht bei den Lesern seiner Memoiren hervorzurufen sich bemüht: keine Gelegenheit, sich als den Friedfertigen zu zeigen und dafür den Beweis zu liefern, lässt er vorübergehen. Jener Verkehr nimmt denn auch dasjenige Ende, welches zu erwarten war. Interessant ist das Eingreifen des Titus Labienus [4]), seines übergegangenen, früher so einflussreichen Unterfeldherrn:

---

[1]) bell. civ. III, 17, 3. 4.
[2]) cf. bell. civ. III, 17, 6.
[3]) cf. bell. civ. III, 19, 1.
[4]) cf. Gloede, l. c. pg. 47.

qua ex frequentia Titus Labienus prodit, summissa oratione de pace loqui atque altercari cum Vatinio incipit. Quorum mediam orationem interrumpunt subito undique tela immissa etc [1]. Caesar unterlässt es nicht, auf den schädlichen Einfluss gerade dieses Mannes, soweit es sich um eine friedliche Beilegung des Streites handelt, mit den Worten hinzuweisen: Tum Labienus: „Desinite ergo de compositione loqui; nam nobis nisi Caesaris capite relato pax esse nulla potest" [2].

Wir kommen zu dem letzten Versuch, welchen Caesar nach seinem eignen Bericht in Betreff einer gütlichen Beilegung derjenigen Streitpunkte machte, welche den Krieg veranlasst und ihn bis jetzt nicht hatten zu Ende kommen lassen. Beide Heere lagern in der unmittelbaren Nähe von Dyrrhachium einander gegenüber. Es handelte sich hier um eine in den grössten Dimensionen geplante Einschliessung des Pompeius, welche diesen nicht allein von der Landverbindung mit seinem in Dyrrhachium selbst aufgespeicherten Kriegsmaterial, sondern von sämmtlichen binnenländischen Hülfsquellen der verschiedensten Art abschneiden, ihn und sein Heer isolieren sollte, während die Verpflegung des Caesarischen Heeres, welches nun nichts mehr von der feindlichen Reiterei zu fürchten hatte, auf diese Weise ganz bedeutend erleichtert wurde [3]. Diese Belagerungsarbeiten, die Contravallation, nehmen einen bedeutenden Zeitraum in Anspruch, in dem es an mannigfachen Gefechten nicht fehlte [4]. Ohne auf diese Dinge weiter einzugehen, bemerke ich nur, dass in diese Zeit gerade der erwähnte neue Versuch zur Anknüpfung von Friedensverhandlungen fällt [5]: haec cum in Achaia atque apud Dyrrhachium gererentur Scipionemque in Macedoniam venire constaret, non oblitus pristini instituti Caesar mittit ad eum Clodium etc. Von Scipio ist bereits früher in den Memoiren zu wiederholten Malen die Rede gewesen; wir müssen bei seiner Persönlichkeit einen Augenblick verweilen. Zuerst erwähnt als Proconsul Syriens [6], wird seine Provinz sodann unter denjenigen genannt, welchen von Seiten des Pompeius im Jahre 49. die Zahlung bedeutender Geldsummen auferlegt wird [7]. Später erlaubt sich Caesar seiner in Ausdrücken des beissendsten Spottes Erwähnung zu thun [8]. Mit treffender Ironie erzählen die Memoiren, dass er sich nach einigen Verlusten am mons Amanus den Feldherrntitel beigelegt habe: his temporibus Scipio detrimentis quibusdam circa montem Amanum acceptis imperatorem se appellaverat. Kurze Zeit darauf habe er, obgleich ein Feind wie die Parther die Grenzen der Provinz Syrien bedrohten, die doch im Jahre 53. den Triumvir Crassus getödtet und im Winter 51. auf 50. den Proconsul Bibulus in den Festungen der Provinz eingeschlossen hatten, dennoch seine Provinz verlassen und sei nach Pergamum marschiert, als ob ein solcher Feind nicht im Mindesten zu fürchten sei. Stimmen in seinem Heere, unter seinen Soldaten werden dagegen laut; durch die Erlaubniss zur Plünderung weiss er sie zu beruhigen; um die Legionen auch fernerhin für sich zu gewinnen, erlaubt er sich die ärgsten Bedrückungen der Einwohner Asiens, ja er würde selbst die Tempelschätze der Ephesischen Diana nicht verschont haben, wenn er nicht durch ein plötzliches Schreiben des Pompeius zum Aufbruch nach Macedonien veranlasst worden wäre. Die Rettung dieser Schätze glaubt Caesar an einer späteren Stelle, wo er von einer zweiten spricht, als sein eigenes, indirektes Verdienst hinstellen zu dürfen [9]. Einer solchen Persönlichkeit nun wollte sich Caesar bei

---

1) bell. civ. III. 19, 5. 6.
2) bell. civ. III, 19, 7.
3) cf. über. diese Kriegführung bei Dyrrhachinm Göler, Kämpfe bei Dyrrh. und Pharsalus pg. 22 ff. cf. bell. civ. III, cap. 47.
4) cf. III, 45. 46. 50. 51. 52.
5) bell. civ. III, 57, § 1.
6) cf. bell. civ. ed. Kraner I, 6. 5 mit d. Bemerk.
7) cf. bell. civ. III, 8, 2.
8) cf. bell. civ. III, 31. und Gloede, l. c. pg. 46 f.
9) cf. bell. civ. III, 105. 1. und III, 33.

seinen erneuten Friedensversuchen bedienen. Scipio war durch und durch ein Parteigänger des Pompeius, der seine Parteinahme so weit trieb, selbst die wichtigsten Interessen und Provinzen des Staats auf's Spiel zu setzen, um seinem Parteihaupt zu helfen; er war ferner ein eitler, von seiner persönlichen Würde und Bedeutung eingenommener Mann, was ja aus der Anecdote von der Annahme des Imperatorentitels sattsam zu erkennen ist; schliesslich aber doch ein Mann, der gerade mit der letzteren Eigenschaft eine verwundbare Stelle hatte. Caesar durfte nemlich hoffen, dass er bereitwillig sich zum Vermittler des Friedens hergeben würde, einmal weil Scipio dadurch an Ansehn und Wichtigkeit bei beiden Parteien nur gewinnen konnte, sodann weil er dabei die Macht, über die er augenblicklich gebot, berücksichtigt sah und die Gelegenheit, sie zur Geltung zu bringen, nicht durfte vorübergehen lassen. In diesem Sinne spricht sich Caesar mit den Worten aus: Huic (Clodio) dat litteras mandataque ad eum: quorum haec erat summa: Sese omnia de pace expertum etc. .... praeesse autem (Scipionem) suo nomine exercitui, ut praeter auctoritatem vires quoque ad coercendum haberet. Quod si fecisset, quietem Italiam, pacem provinciarum, salutem imperii uni omnes acceptam relaturos [1]). Nicht den geringsten Werth legt Caesar auf das persönliche Verhältniss des Scipio zum Pompeius, welches sich zum Theil aus den verwandtschaftlichen Beziehungen, zum Theil aus collegialischen und Parteibeziehungen erklärt; Scipio war der Schwiegervater des Pompeius, sein College im Consulat gewesen und einstmals, als er des ambitus angeklagt war, von ihm vor Verurtheilung gerettet worden [2]); später commandierte er auch das Pompeianische Centrum in der Pharsalischen Schlacht [3]). Aus dieser Stellung zum Pompeius erklären sich die Worte Caesars: Scipionem ea esse auctoritàte, ut non solum libere quae probasset exponere, sed etiam ex magna parte compellere atque errantem regere posset [4]). Am meisten aber sucht er den Scipio durch die Aeusserung für eine Vermittelung zu gewinnen, dass er ihm zutraue, die Sache besser angreifen und durchführen zu können als diejenigen, die er früher mit ähnlichen Aufträgen an Pompeius geschickt habe; so stellt er die darauf bezügliche Bemerkung voraus: sese omnia de pace expertum nihil adhuc arbitrari vitio factum eorum, quos esse auctores eius rei voluisset, quod sua mandata perferre non opportuno tempore ad Pompeium vererentur. Nach allem diesen musste man annehmen, dass Caesar so leicht keinen geeigneteren Mann finden konnte, um die Rolle eines Vermittlers zu übernehmen.' Und doch — gerade wenn man bedenkt, wie eng die Beziehungen zwischen Pompeius und Scipio waren, wie der letztere gerade im Begriffe war, seinen Lorbeeren, die er sich am mons Amanus errungen hatte, neue hinzuzufügen, wie Caesar daran liegen musste, seine Pläne, die er bei Dyrrhachium gegen Pompeius auszuführen im Begriff stand, durch den heranziehenden Scipio, gegen den er sich dann vor Allem hätte wenden müssen, nicht durchkreuzt zu sehen; so gewinnt man die Ueberzeugung, als ob jene Sendung des Clodius nur auf Verhandlungen abzielte, deren Aufrichtigkeit sehr bezweifelt werden muss. Scipio lässt sich durch die scheinbare Wichtigkeit, die Caesar der ihm zugedachten Rolle beilegt, auch wirklich blenden und überlegt einige Tage, was zu thun sei. Schliesslich freilich weist er, durch Favonius bewogen, den Clodius ab: haec ad eum mandata Clodius refert ac primis diebus, ut videbatnr, libenter auditus reliquis ad colloquium non admittitur castigato Caesare a Favonio, ut postea confecto bello reperiebamus, infectaque re sese ad Casarem recepit [5]).

Dieser letzte Versuch, den Frieden herzustellen, bevor es noch zu einer Entscheidung zwischen den beiden Parteihäuptern gekommen ist, ist unter sämmtlichen früher berichteten am meisten geeignet, den Leser für Caesar Partei ergreifen zu lassen und die Pompeianische Partei, mit deren e i n e m Haupt-

---

[1]) cf. bell. civ. III, 57, 3. 4.
[2]) cf. Appian, bell. civ. III, 24. 25.
[3]) cf. Caesar, bell. civ. III, 82, 1.
[4]) bell. civ. III, 57, 3.
[5]) bell. civ. III, 57, 5.

vertreter wir es gerade hier zu thun haben, mitsammt ihrer kriegerischen Politik zu verurtheilen. Den Schein der Friedfertigkeit hat Caesar in der That durch seinen Bericht gerettet.

Ich hoffe, dass die gemachten Bemerkungen den tendenziösen Character in den Memoiren vom Bürgerkrieg hinlänglich erkennen lassen werden. Sind es auch nur verhältnissmässig kleine, aus dem Zusammenhang der erzählten Kriegsereignisse herausgegriffene Episoden, die ich im Vorhergehenden einer Besprechung unterzogen habe, so sind dieselben doch derart, dass sie die Absicht rechtfertigen, auch die anderen Punkte, die in keiner unmittelbaren Beziehung zu den Kriegsereignissen stehen und doch von Caesar für erwähnenswerth gehalten werden, zu betrachten und zu beleuchten. Im Wesentlichen habe ich sie bereits oben angedeutet und denke bei anderer Gelegenheit eingehender darauf zurückzukommen. Das Resultat einer derartigen, eingehenden Untersuchung lautet dann allerdings für den grossen Staatsmann und Feldherrn, der auch die Literatenfeder nicht verschmähte, wenn es sich um eine Unterstützung und Förderung seiner politischen Pläne handelt, etwas weniger günstig als dasjenige Mommsen's [1]), nach welchem man es den Büchern vom Bürgerkrieg anzufühlen meint, dass der Verfasser den Krieg hatte vermeiden wollen und nicht vermeiden können, vielleicht auch, dass in Caesars Seele wie in jeder andern die Zeit der Hoffnung eine reinere und frischere war, als die der Erfüllung. Wie Caesars Natur im Grossen und Ganzen nicht so ideal angelegt war, um dieses Urtheil zu rechtfertigen, so ist auch aus einzelnen Zügen seiner Memoiren das volle Bewusstsein seiner Lage zu erkennen, welches ihn einen kriegerischen Ausgang und damit einen vollen Sieg und glänzenden Triumph über die Gegenpartei wollen und wünschen liess.

Strenge.

---

[1]) cf. Mommsen, Röm. Gesch. III, S. 600.

Die Einweihung

des

neuen Johanneums

nebst den

bei der Feier gehaltenen Reden.

Nachdem der Unterricht im alten Johanneum am 17. September geschlossen war, fand das Einweihungsfest des neuen Schulgebäudes der in dem Festprogramm mitgetheilten Ordnung gemäss statt.

Am 4. October versammelten sich die sämmtlichen Schüler und Lehrer auf dem Johanniskirchhof vor dem alten Schulgebäude, von dem sie sich nun für immer verabschiedeten, und zogen in feierlichem Zuge, der durch ein Musikcorps eröffnet wurde, durch die Stadt nach dem neuen Johanneum. Hier waren bereits die eingeladenen Gäste, darunter als Vertreter des K. Provinzialschulcollegiums der Herr Provinzialschulrath Dr. Breiter aus Hannover, und die Mitglieder der städtischen Behörden und des geistlichen Stadtministeriums in der Aula versammelt. Die einziehenden Schüler mitgerechnet, bestand die Versammlung aus 1100 Personen, welche alle in dem geräumigen Saale Platz fanden.

Nachdem die 1. Strophe des Gesanges: „Bis hieher hat uns Gott gebracht" gesungen war, ergriff der Herr Stadtsyndikus Lauenstein, welcher in Abwesenheit des Herrn Oberbürgermeisters Fromme das Patronat vertrat, das Wort, um das Gebäude der Schule zu übergeben.

Eröffnungsrede des Herrn Stadtsyndicus Lauenstein.

„Hochgeehrte Festgenossen!

Eine hohe, eine bedeutungsvolle Feier hat uns heute versammelt — das mit des Allmächtigen Beistand für unser theueres Johanneum neu erbaute Schulhaus soll heute seiner Bestimmung übergeben, soll heute für diese Bestimmung geweiht werden. Lange ist dieser Tag von allen, denen das Wohl des Johanneums am Herzen lag, herbeigesehnt worden; jetzt ist das grosse Werk zum herrlichen Abschluss gelangt, alle Schwierigkeiten sind überwunden, und unserem Johanneum ist eine Wohnung bereitet, hoch und geräumig, hell und freundlich, auf dem schönsten freien Platze der Stadt gelegen, in edlem Baustile errichtet, von aussen auf den Beschauer gewaltig wirkend durch würdige monumentale Gestaltung und die schöne Harmonie der Verhältnisse und im Innern auf das zweckmässigste eingerichtet und allen Bedürfnissen der Schule entsprechend ausgerüstet und ausgestattet.

Zwar sind wenig mehr als 40 Jahre verflossen, seit das bislang benutzte Hauptgebäude neben der St. Johanniskirche errichtet und in Benutzung genommen wurde; aber schon längst war die Schule in fortschreitender Ausdehnung und Entwicklung über die Stätte hinausgewachsen, welche man ihr damals bereitet hatte. Schon als man 1832 die Elementarclasse als Septima vollständig in den Organismus der Schule hineinzog, als man zwei Jahre später, dem Bedürfnisse der Zeit Rechnung tragend, zwei Realclassen gründete; war man genöthigt, Unterrichtszimmer in anderen Gebäuden zu Hülfe zu nehmen. Und in den letzten Jahren waren die Zustände nahezu unerträglich geworden; die Räumlichkeiten, in denen die Anstalt untergebracht war, genügten nach vielen Richtungen durchaus nicht; der Umstand allein, dass in vier verschiedenen, zum Theil weit entfernt von einander liegenden Gebäuden der Unterricht ertheilt werden musste, drohete die Einheit und Ordnung der Anstalt, sowie deren ganzen Organismus zu gefährden. Wenn trotzdem grössere Schäden nicht eingetreten sind, so ist sich das Patronat sehr wohl bewusst, dass solches wesentlich der tüchtigen und umsichtigen Leitung der Anstalt, sowie der nicht allein auf das Einzelne gerichteten, sondern auch das Ganze umfassenden treuen und hingebenden Arbeit aller Lehrer zu verdanken ist.

Aber es war hohe Zeit, dass die von keiner Seite verkannten Uebelstände endlich beseitigt wurden. Mancherlei Gründe hatten die Feststellung des Bauplans in unerwünschter Weise verzögert: Hindernisse und Schwierigkeiten aller Art, hauptsächlich beruhend auf der Verschiedenheit der Ansichten der zur Entscheidung berufenen Factoren, waren zu überwinden, ehe man zur Ausführung schreiten konnte. Gewiss darf man keinen Vorwurf gegen diejenigen erheben, welche mit Rücksicht auf den Stand der städtischen Finanzen nach allen Seiten und auf das gründlichste erwogen zu sehen wünschten, ob nicht durch einen Anschluss an das vorhandene Bauwerk die der Stadtcasse aufzubürdende Last vermindert werden könne. Aber ebenso gewiss glaube ich behaupten zu können, dass die städtischen Behörden niemals bereuen werden, hier auf diesem freundlichen Platze und so, wie geschehen, gebaut zu haben; dass der Bau, wie er zur Ausführung gelangt ist, unserer Vaterstadt zur Zier und Ehre und unserer Schule zum Heil gereichen wird; dass die künftigen Geschlechter uns segnen werden, dass wir der Jugend eine solche Bildungsstätte gegeben haben.

Hat sich nun aber auch der Plan zu diesem Gebäude, wie ihn die Kunst des Baumeisters ersonnen und entworfen hatte, erst nach schweren Kämpfen Geltung verschafft, so sind doch, als es soweit gekommen war, die zur würdigsten Ausführung erforderlichen verhältnissmässig sehr bedeutenden Ausgaben mit grösster Bereitwilligkeit übernommen. Noch während der Bauausführung sind mancherlei Verbesserungen beschlossen, welche von der täglich fortschreitenden Technik und anderswo gemachten Erfahrungen an die Hand gegeben wurden; niemals haben die städtischen Behörden gezögert, die dadurch erforderlichen Mehrkosten zur Verfügung zu stellen. Rühmend muss ich insbesondere anerkennen, dass die Vertreter der Bürgerschaft, durchdrungen von der Ueberzeugung, dass das zu Bildungszwecken angelegte Capital wohl angelegt sei und reiche Zinsen trage, für die Herstellung eines würdigen Bauwerkes keine Opfer zu gross gefunden haben.

So ist denn jetzt nach mehrjähriger, mühevoller Bauarbeit, welche selbst während des gewaltigen Krieges mit Frankreich keine Unterbrechung erfuhr, Dank sei dem gütigen Gott, Dank aber auch dem Baumeister, seinen Gehülfen und allen, die an diesem Werke geschafft haben, der Bau glücklich vollendet. Die herzliche Theilnahme der ganzen Stadt an diesem freudigen Ereignisse wird bezeugt durch diese hochansehnliche und zahlreiche Versammlung, welche, zur Feier dieses Tages vereint, aus tiefinnerlichem Herzensbedürfniss den Lobgesang „Bis hieher hat uns Gott gebracht" zum ersten Male durch diese Räume erschallen liess und dadurch Dem die Ehre gab, dessen allmächtigen Schutze auch fernerhin dieses Haus und die Arbeit in diesem Hause befohlen sein mag. Und wenn zu unserer heutigen Feier auch das Königl. Provinzialschulcollegium einen Vertreter entsendet hat, so haben wir darin einen Beweis nicht allein des dankbar anerkannten freundlichen Wohlwollens, sondern auch der hohen Bedeutung zu erblicken, welche von der oberen Schulbehörde dem Gegenstande der Feier beigelegt wird.

Und nun, geehrte Festgenossen, lassen Sie mich den Auftrag erfüllen, welcher mir die Ehre verschafft hat, zuerst von dieser Stelle zu Ihnen zu reden. Im Namen des Patronats der Schule will ich hiermit das vollendete Gebäude den Lehrern und Schülern des Johanneums zur Benutzung übergeben. Ich füge den Wunsch und die Hoffnung hinzu, dass Sie, meine Herren Lehrer, denen in der Jugend unseres Volkes die Hoffnung und Zukunft des Vaterlandes anvertraut ist, in den lichten, freundlichen Räumen dieses Hauses mit desto grösserer Freudigkeit und Befriedigung Ihrem schweren, aber auch lohnenden Berufe nachleben mögen; und dass Ihr, geliebte Schüler, in der durch diesen herrlichen Bau bethätigten Sorge der Stadt für Euer Wohl einen erneuten Antrieb findet, mit nicht zu ermüdendem Fleisse in die Wissenschaft einzudringen und mit deren unvergänglichen Schätzen Herz und Geist auszufüllen; dass auch die edlen Formen dieses Bauwerkes, welches jetzt Eure rechte Heimat werden soll, dazu beitragen mögen, den Sinn für das Schöne in Euch zu wecken und zu fördern.

Mögen Gymnasium und Realschule, welche, wenn auch in verschiedenen Richtungen, demselben Culturzwecke dienen, unter dem einenden Dache dieses Hauses einträchtig zusammenwirken in der grossen Arbeit der Bildung und Veredlung des heranwachsenden Geschlechts! Und möge endlich der wohlverdiente Ruf unseres Johanneums, welches nun schon 400 Jahre in Segen gewirkt hat, auch auf der neuen Stätte erhalten bleiben bis in die fernsten Zeiten! Das walte Gott!"

Darauf erhob sich der Herr Sanitätsrath Dr. med. Stieck, um als Wortführer des Bürgervorstehercollegiums, welches so bereitwillig die Mittel für den Bau bewilligt hatte, der Theilnahme der Bürgerschaft an dem Feste einen Ausdruck zu geben.

Ansprache des Herrn Bürgervorsteherwortführers Sanitätsrath Dr. med. Stieck.

„Es ist mir als dem Wortführer des Bürgervorstehercollegiums gestattet, am heutigen Tage von diesem Platze aus einige Worte an die hochansehnliche Versammlung zu richten. Gern ergreife ich diese Gelegenheit, um mich kurz über die Stellung, welche das Bürgervorstehercollegium zu diesem Schulbau eingenommen hat, sowie über die Hoffnungen und Erwartungen, welche es an denselben knüpft, auszusprechen.

Wohl mögen alle, die hier versammelt sind, alle überhaupt, die diesen stolzen Bau haben entstehen und wachsen sehen, heute mit Freude auf dies stattliche Gebäude blicken, das durch seine architectonisch-schönen Verhältnisse, seine solide Construction, seine zweckmässige und geschmackvolle Einrichtung das Lob seines Erbauers verkündet, wie es auch in allen seinen Theilen ein rühmliches Zeugniss von der Tüchtigkeit des Lüneburger Handwerkes ablegt. Vor anderen aber dürfen die Vertreter der Bürgerschaft mit freudiger Genugthuung dem heutigen Acte der Einweihung und Uebergabe des neuen Schulgebäudes beiwohnen, weil das Bürgervorstehercollegium sowohl bei Feststellung des Bauplanes, als bei Bewilligung der Mittel für die Ausführung desselben sehr wesentlich mitgewirkt hat, indem das Gebäude ausschliesslich aus städtischen Mitteln erbauet ist.

Als vor Jahr und Tag die Nothwendigkeit eines Schulbaues gebieterisch an die städtischen Collegien herantrat, als es sich bald zeigte, um wie grosse Geldopfer für die Stadt es sich dabei handelte; da galt es für uns, auf das gewissenhafteste die Ansprüche auf der einen Seite, die Leistungsfähigkeit auf der anderen gegen einander abzuwägen; da galt es, sorgfältig die verschiedenen Pläne, Entwürfe nach allen Gesichtspunkten zu prüfen; da galt es auch, nicht zeitgemässe Vorschläge und allzuängstliche Bedenken muthig abzuweisen.

Nicht leicht war die uns gestellte Aufgabe, gross die Verantwortung, schwierig die Entscheidung, denn grosse Interessen standen auf dem Spiele, schwer wiegende Rücksichten machten sich geltend, und die Ansichten über das, was das Richtige sei, gingen weit auseinander.

Erst nach langen und schwierigen Verhandlungen, bei welchen die Stimme des Bürgervorstehercollegiums den Ausschlag gab, entschied man sich daher für diesen nun ausgeführten Bauplan und für diesen Bauplatz. Für diesen Platz, weil er der gesundeste, freieste und freundlichste war, den man auffinden konnte; für diesen Plan, weil er unter allen allein dem genau geprüften und klar erkannten Bedürfnisse der Schule auf das zweckmässigste zu entsprechen schien. So glaubten die Vertreter der Bürgerschaft handeln zu müssen, dass sie sich bei ihrem Entschlusse in erster Linie von der Rücksicht auf das Wohl der Schule leiten und bestimmen liessen, und dass sie alles thaten, um die berechtigten Anforderungen zu befriedigen, welche die fortgeschrittene Gegenwart an ein Schulgebäude stellen muss, das, ohne irgend luxuriös zu sein, gleichwohl ausreichende Räume für zwei bedeutende Anstalten, auch voraussichtlich für einen längeren Zeitraum, darbieten soll.

Das Bürgervorstehercollegium ging in seinen Bewilligungen so weit, als es ihm die Rücksichten auf die finanziellen Mittel der Stadt nur irgend gestatteten, weil die Bürgerschaft Lüneburgs, gleich dem Magistrate, das Wohl der Stadt und das Wohl dieser Schule als auf das engste verknüpft ansieht. So entstand dies imposante Gebäude, und steht nun vollendet da, als eine Zierde der Stadt, als ein Denkmal des warmen Interesses, welches Magistrat und Bürgerschaft an ihrem Johanneo und dessen Gedeihen nehmen.

Möge denn dieses neue Haus, wie es hoffentlich seiner eigentlichen Bestimmung vollständig entsprechen wird, auch die weitergehenden Hoffnungen erfüllen, die wir daran knüpfen! Möge es für Lehrer und Schüler eine Erinnerung dessen sein, was die Stadt für die Schule gethan hat; möge es für die städtischen Behörden und die Bürgerschaft eine Mahnung sein, in der Theilnahme für ihre Schule nimmer zu erkalten; möge es ein Band sein, welches das gute alte Verhältniss zwischen Lehrern und Schülern — Bürgern und Einwohnern neu belebt und befestigt! Möge es vor allem für uns ein Unterpfand sein des fortdauernden, wo möglich noch wachsenden Flors dieser Schule!

Dies Gedeihen zu sichern — das vermag freilich auch das beste Schulhaus allein nicht; das liegt, so weit es überhaupt in Menschenhand liegt, nur zum geringen Theil in der Macht der städtischen Behörden; zum grösseren und wesentlicheren liegt die Gewähr dafür in den Händen der Lehrer und der Schüler.

Mögen sie alle denn (wie sie gewisslich eine Ehre darin setzen werden, dieses kostbare, seitens der Stadt ihrer Obhut anvertrauete Gut zu hüten und zu schützen), es sich auch angelegen sein lassen, dafür zu wirken, dass diese Schule sich durch ihre Leistungen stets auf der Höhe der Zeit erhalte, mögen sie alle sorgen, dass neben dem Geiste des Fortschritts auch der gute alte Geist wissenschaftlichen Strebens, sittlicher Zucht und vaterländischer Gesinnung, der unsere Schule stets geschmückt hat, in die neuen Räume mit herüberwandere, auf dass der Geist freier, echter, gesunder Humanität in dem neuen Schulhause, in beiden Anstalten, hell leuchte, reiche und schöne Blüthen und Früchte bringe, zum Ruhme der Schule, zur Freude der Bürger, zur Ehre der Stadt!“

Im Namen der Schule dankte sodann der Unterzeichnete den städtischen Behörden für die Ausführung eines so prächtigen Baues und erörterte, um zu zeigen, welchen Zwecken derselbe dienen solle, die Bedeutung der Inschrift des Schulhauses.

Rede des Directors Haage.

„Hochgeehrte Anwesende!

Im Namen Gottes und mit Dank für alle von ihm uns erwiesenen Wohlthaten haben wir vor kurzem den Unterricht in dem alten Johanneum geschlossen, und im Namen Gottes und mit Dank gegen den himmlischen Vater, von dem das Gelingen aller menschlichen Werke abhängt, ergreifen wir Lehrer und Schüler heute Besitz von diesem Hause. Voll Freude wollen wir uns in seinen Räumen einrichten und dann mit frischer Lust an unsere Arbeit gehen. Aber ehe wir das thun, wollen wir uns besinnen auf die Bedeutung dieses Tages und auf den Ernst unseres Berufes, und vor allem wollen wir zuerst auch unseren innigen Dank allen denen gegenüber aussprechen, welche an ihrem Theile mitgewirkt haben, unserer Schule eine neue würdige und prächtige Stätte zu bereiten. So wende ich mich denn zu den Vertretern der städtischen Behörden, und zu Ihnen, meine Herren, welche Sie soeben uns dies Haus übergeben und uns mit so beredten Worten beglückwünscht haben, und statte im Namen dieser Anstalt, im Namen aller Lehrer und Schüler und aller Eltern, die uns ihre Kinder anvertrauen, dem hochlöblichen Magistrat und der verehrlichen Bürgerschaft Lüneburgs unseren aufrichtigsten und tiefgefühltesten Dank dafür ab, dass sie trotz mancher Bedenken und trotz der schweren Lasten, welche die Stadt zu tragen hat, sich entschlossen haben, hier in bester und freiester Lage ein neues und so schönes Schulhaus, welches Gymnasium und Realschule zusammen in sich fasst, zu erbauen; dass sie diesen Entschluss mit der grössten Freigebigkeit durchgeführt und ausser den Kosten des Baues auch noch bedeutende Summen zur Ausstattung aufgewandt haben. Sie haben damit aufs neue und in ausgezeichneter Weise dargelegt, wie sehr das Wohl und das Gedeihen der Schule ihnen am Herzen liegt. Ebenso danke ich dem Manne, welcher den Plan entworfen und den Bau geleitet und gezeigt hat, wie bei kluger und sparsamer Anlage und strengster Ausnutzung des Raumes, auch ohne den nächsten Zweck zu vernachlässigen, doch so Grosses und Schönes geleistet werden kann, und endlich allen, welche an diesem Hause mitgearbeitet und den Bau gefördert haben. Auch gedenke ich dabei dankbar der Fürsorge, welche die Königlichen Staatsbehörden, deren Vertreter wir heute in unserer Mitte begrüssen dürfen, je und je unserem Johanneum zugewandt haben.

Wahrlich lange genug hat sich die Schule behelfen müssen in ungenügenden Räumlichkeiten. Seitdem das Bedürfniss einer höheren Schulbildung in immer weiteren Kreisen sich geltend machte und namentlich der Realschule immer mehr Schüler zuführte, war durch das rasche Wachsthum der Schülerzahl geradezu ein Nothstand eingetreten. Doch nun ist alles glücklich überwunden. Wir sind ausgezogen aus dem alten Johanneum, dessen hübscher vor 43 Jahren errichteter Bau damals für 6 Gymnasialclassen in glänzender Weise ausreichte, aus dem alten verfallenen Kaland und den anderen Gebäuden und haben die zum grössten Theil engen und düsteren Räume mit ihren mangelhaften Bänken und Geräthen verlassen. Aber eins haben wir, so Gott will, nicht mit dem alten Hausrath zurückgelassen. Wir wollen nicht brechen mit der alten guten Ueberlieferung, wir wollen mitnehmen den alten Fleiss und die Liebe zu den Studien, die alte gute Sitte und Ordnung, das gute Einvernehmen zwischen Lehrern und Schülern und Eltern und Behörden — kurz, der Geist, der bisher in unserer Anstalt geherrscht hat, von den Tagen des alten Tulichius an, welcher als Melanchthons Freund und in Melanchthons Sinn die Schule zu einem Gymnasium der Reformation machte, bis zu den Männern herab, welche in diesem Jahrhundert dem Johanneum eine neue Blüthe verschafft haben, und bis zu den jüngst verstorbenen Directoren, deren Andenken uns allen noch theuer ist — dieser Geist möge aus dem alten Schulhause in dies neue Johanneum mit hinüberwandern, so wird der äusseren Schönheit das innere Leben entsprechen!

Hier sind wir ja nun endlich, was wir so lange gewünscht, alle zusammen; wir haben Luft und Licht und Platz, geniessen die herrlichste Aussicht über die Stadt mit ihren Kirchen und über die Gärten und Fluren bis zu den fernen Wäldern und wohnen in einem Hause, dessen schöne und gewaltige Formen schon an sich einen erhebenden Eindruck machen und unsere Arbeit als eine besonders geweihte erscheinen lassen. Und allerdings ist auch der Beruf der Schule ein sehr wichtiger und zumal in unserer Zeit.

So oft ich auf der Front des Baues die Jahreszahl 1870 lese, möchte ich fast mit den alten Römern sprechen: accipio omen! Das Haus, welches einen neuen Abschnitt der Geschichte unseres Johanneums bedeutet, und welches nach langer Trennung die sämmtlichen Classen der Anstalt in sich vereinigt, ist in dem Jahre gerichtet, in welchem der Bau des neuen deutschen Reiches aufgeführt ist und endlich die deutschen Stämme wieder zu einem mächtigen Staate vereinigt hat; und die Jugend, die hier gebildet werden soll, wächst in einem neuen deutschen Kaiserreich heran. Allein so gross die Zeit ist, so ernst ist sie auch. Es handelt sich nicht nur um politische, sondern auch um kirchliche und sociale Fragen von der tiefsten Bedeutung für zeitliches und ewiges Heil ganzer Nationen, und von ihrer Lösung hängt auch das Glück oder das Verderben unseres Volkes ab. Daher stellt die Gegenwart an die Schule besonders ernste Forderungen, nicht als ob wir jetzt uns wesentlich neue Ziele im Unterricht und der Erziehung stecken müssten; aber das, was wir wollen und erstreben, müssen wir in unseren Tagen mit ungetheilter Kraft und mit dem grössten Ernst zu erringen trachten.

An unsere Ziele aber erinnern uns die Worte, welche der bedeutungsvollen Jahreszahl gegenüber die Front unseres Hauses, wie die des alten Johanneums, schmücken. Und so möge es dem Sohne des Mannnes, welcher einst die Inschrift Doctrinae Virtuti Humanitati gewählt und bei der Einweihung des alten Schulgebäudes über diese Worte geredet hat, vergönnt sein kurz zu erörtern, woran diese Inschrift uns mahnen soll.

Die Doctrina ist also zuerst unser Ziel, denn Gymnasium und Realschule sind gelehrte Schulen. Aber das lateinische Wort bedeutet mehr, als der etwas enge deutsche Ausdruck Gelehrsamkeit besagt. Es umfasst alle Lehre, allen Unterricht, der unser Erkennen erweitert und vertieft, und alles, was durch solches Lehren an Wissen gewonnen wird, sodass ich es fast lieber mit Wissenschaft übersetzen möchte. Die Schule will und kann zwar nicht die Wissenschaften in ihrer höchsten Vollendung vorführen — das ist vielmehr Aufgabe der Universitäten und Fachschulen — aber sie will den Schüler fähig machen jegliche Wissenschaft, welcher Art sie auch sei, zu verstehen und in sich aufzunehmen, um sie später praktisch zu verwerthen oder theoretisch weiterzubilden. Und deshalb muss sie sehr viele Kenntnisse lehren. Aber sie wählt denjenigen wissenschaftlichen Stoff, der geeignet ist, den Schüler im Kleinen denselben Weg zu führen, welchen das Menschengeschlecht im Grossen gegangen ist, und sucht diesen Stoff so zu bearbeiten und in solche Beziehungen zu setzen, dass in der Seele des Schülers ein vielseitiges Interesse sich bildet, welches ihn befähigt, an den Fortschritten aller menschlicher Thätigkeit Theil zu nehmen. Wie viel demnach zur Doctrina gehört, brauche ich nur zu berühren! Das können ja schon die meisten von euch, liebe Schüler, beurtheilen und aufzählen, wie z. B. die grammatische Kenntniss der fremden Sprachen, welche euch zur Herrschaft über die eigene Muttersprache führt, die Bekanntschaft mit den grossen Schriftstellern älter und neuer Zeiten, die euren Geist mit guten und edlen Gedanken bereichert, die Wissenschaft von den Verhältnissen der Zahlen und des Raumes und von den Gesetzen der Natur, die euren Verstand schult und in die Wunder der Schöpfung einführt, die Weltgeschichte, welche euch die Schicksale der Völker vorführt und die Gegenwart begreifen lehrt, und vor allem die heilige Geschichte, welche euch das Werden und Sein des Reiches Gottes darlegt und euer Herz mit der Kraft der Religion erfüllt! Das alles soll gründlich und wissenschaftlich, soweit es dem jugendlichen Geiste fassbar ist, hier gelehrt werden — wahrlich keine geringe Arbeit! Ihr älteren Schüler könnt schon davon erzählen, wie lang und mühevoll der Weg von den Elementen, welche die kleinen Septimaner einüben, bis zu den zusammenfassenden Studien ist, welche die Prima treibt. Für uns Lehrer ist es daher Pflicht, alle Zerstreuung und oberflächliche Vielwisserei, wie die vielgeschäftige und rasch und viel lesende Neuzeit sie oft begünstigt, von der Schule fern zu halten; es gilt allen Schein, alles Prunken mit zusammenhangslosen, auswendiggelernten Redensarten zu vermeiden. Denn echte Gelehrsamkeit, gründliche Wissenschaft, welche im Dienst der Wahrheit, d. h. Gottes steht, ist das Ziel, welches hier zunächst ins Auge gefasst ist.

Allein das Erkennen der Dinge genügt nicht, dem vernünftigen Erkennen soll das richtige Handeln entsprechen, zur Doctrina soll die Virtus kommen. Mannestüchtigkeit — denn das ist die eigentliche Bedeutung dieses Wortes, das ja von vir abzuleiten ist — soll auf der Schule ausgebildet werden. Dazu gehört alles, was den Mann in körperlicher sowohl wie in geistiger Beziehung ziert und adelt. Es muss also die Schule sich davor zu hüten suchen, dass sie nicht durch zu hohe und zu viele Forderungen den Geist zu sehr anspannt und der körperlichen Tüchtigkeit schadet; jeder Lehrer muss die Stellung seines Faches im Ganzen der Schulbildung begreifen und sich weise beschränken und alle Rücksicht nehmen auf das leibliche Gedeihen der Jugend. Wie trefflich ist es da, und wie kommt es uns zu Hülfe, dass hier in diesem neuen Schulhause eine Reihe der Gefahren, welche sonst in Schulräumen dem leiblichen Wohle drohen, durch zweckmässige Einrichtungen ganz beseitigt oder doch auf das geringste Mass zurückgeführt sind! Wie wir hoffen, wird auch bald neben unserm Schulhofe ein Turnplatz und eine Turnhalle hergestellt sein, wo die Jugend nach der geistigen Arbeit sich tüchtig tummelt und sich vorbereitet für den Waffendienst, den das Vaterland fordert, und der auch von den höheren Ständen unseres Volkes die Uebung in leiblicher Gewandtheit und Stärke erheischt.

Doch höher freilich steht die geistige Mannestugend, welche in der Liebe zur Wahrheit, zum Recht und zur Freiheit, in der muthigen Entschlossenheit und beharrlichen Ausdauer des Handelns und in standhafter Ertragung der Leiden sich zeigt. Liebe zur Wahrheit — o dass doch diese Räume bewahrt bleiben könnten vor der Lüge, diesem Krebsschaden, diesem Gift, das jedes Vertrauen zerstört! Befasst euch doch nicht, liebe Schüler, mit diesem armseligen Behelf der Feigheit und der Heuchelei, sondern kämpft muthig gegen diese Sünde, die aufs engste mit dem letzten Grunde des Bösen, mit der Selbstsucht und dem Hochmuth zusammenhängt. Liebe zum Recht — ja, ihr Lehrer, lasst uns das Beispiel solcher Liebe unseren Schülern allezeit geben, die Gerechtigkeit ist die Stütze jeglicher Herrschaft, auch der über die Gemüther der Jugend; und wie wirksam ist es, wenn der Schüler, für den das Gemeinwesen der Schule ein kleines Abbild des Lebens in der grossen Welt ist, von seinem Lehrer lernt unparteiisch und gerecht zu sein und den eigenen Willen unter das Gesetz zu beugen. Dann lernt er auch die rechte Freiheit kennen und lieben, welche nicht in Ungebundenheit und Willkür besteht, sondern in dem Bewusstsein des Mannes, unabhängig zu sein von aller des Menschen unwürdigen Tyrannei! Entschlossenes Handeln — was hilft dir alles Wissen und alle Klugheit, wenn du vor weisen Ueberzeugungen und Erwägungen nicht zum Handeln kommst, oder falls du endlich die Hand anlegst, nicht mit voller Thatkraft und frischem Muth vorwärts arbeitest und nicht im Vertrauen auf Gott auch die Verantwortung der Folgen auf dich nimmst? Sieh, darum suchen wir in der Schule überall das Edelste und Beste aus und führen euch die Vorbilder der grössten Männer täglich vor die Seele, damit ihr euch auch zu Männern ausbildet, welche die Wahrheit lieben und das Unrecht hassen, welche ihrem Beruf treu obliegen und für ihre Mitmenschen, für König und Vaterland, für Recht und Freiheit, für ihren Glauben und ihren Gott alle ihre Kraft und, wenn es sein muss, auch das Leben einsetzen. Wahrlich durch nichts können wir Lehrer und ihr Schüler unseren Dank dafür, dass die Stadt uns ein so herrliches Schulhaus erbaut hat, besser abstatten, als dass wir mit neuem Fleiss und neuer Ausdauer treulich arbeiten, dass jeder Lehrer seinem Schüler das Beispiel männlicher Tüchtigkeit zu geben sucht, und jeder Schüler den Entschluss fasst und allezeit festhält: „Ich will auch ein deutscher Mann werden, der dieses Namens werth ist!"

Aber eins bedenkt wohl! Um solche Tüchtigkeit zu erringen, dazu genügt nicht Körperkraft, nicht Geistesklugheit; es ist mancher stark und klug und handelt doch nicht, wie er soll; und wird ihm gar ein Leiden auferlegt, wie es doch keinem Sterblichen erspart bleiben kann, so ist es gar aus mit der Standhaftigkeit. Nein, echte Mannestugend kann nur der dauernd und fest besitzen, der an eine Ewigkeit jenseit dieser Vergänglichkeit, der an eine sittliche Weltordnung, an Gott als den Quell alles Rechts und aller Wahrheit, an eine Erlösung und eine Vergebung glaubt. Ohne solche Gesinnung giebt es jene Mannestüchtigkeit nicht; was man dafür hält, ist ein leerer Schemen, welchen der erste beste Sturm zerstieben lässt. Ohne solchen Glauben irrt der Mensch ganz ab von dem Ideal der Menschheit, dem jeder nachtrachten soll.

Damit komme ich auf das dritte Wort Humanitati. Diesen Ausdruck dürfen wir nemlich nicht in dem gewöhnlichen flacheren Sinn nehmen. Es ist zwar ein schönes Ding um menschliche Milde, wir haben gewiss auf der Schule einen humanen, menschenfreundlichen Sinn zu pflegen, wir freuen uns ja, im Jahrhundert der Humanität zu leben, wo manche früher üblich gewesene Grausamkeit abgeschafft ist; aber hier handelt es sich um einen tieferen Sinn.

„Nun, wird ein anderer sagen, das Wort Humanitati als Inschrift einer gelehrten Schule kann ja keine andere Beziehung haben, als auf die sogenannten humaniora, auf die Studien, wie sie besonders das Gymnasium treibt. Denn die genaue Kenntniss des classischen Alterthums ist allein die Grundlage für eine rein menschliche Bildung." Aber dagegen muss doch sofort die Realschule, welche in diesem Hause gemeinsam mit der älteren Schwester, dem Gymnasium, wohnen will, sich verwahren und sagen: „Nein, jene Aufschrift kann nicht mehr die Bedeutung haben, an den überwundenen Streit zwischen Humanismus und Realismus zu erinnern. Gymnasium und Realschule haben heutzutage ihre Berechtigung gegenseitig anerkannt, sie haben beide die Aufgabe, eine allgemeine Bildung zwar auf verschiedenen, aber doch benachbarten Wegen zu geben, seitdem das Gymnasium viele der Forderungen des Realismus erfüllt und die Realschule den Grundsatz des Humanismus, die Pflege und Bildung des Geistes an sich ohne beengende Rücksicht auf die künftige Berufsart, anerkannt hat. Beide Schulen wollen zur Humanität und zwar im höchsten und allgemeinsten Sinne des Wortes führen. Aber welches ist dieser Sinn? Doch nicht der, in dem das Wort im Parteikampfe gemissbraucht und als Inbegriff einer neuen Religion angepriesen wird? Gewiss nicht, wir halten uns an die einfache Grundbedeutung des Wortes und ihre Entwickelung. Die alten Römer bezeichneten mit dem Ausdruck humanitas Menschheit oft alles das, was den Menschen zum Menschen macht, und dachten dabei besonders an die höhere Bildung, welche auf umfassenden Kenntnissen beruht, aber mit denselben feinen Geschmack und richtiges Gefühl für alles Schickliche und Edle verbindet; und demgemäss hat man in neuerer Zeit sich gewöhnt, mit diesem Wort das auszudrücken, was das Wesen des Menschen, seine Bestimmung und seine Würde ausmacht. Ist nun unsere Schule der Humanität in diesem Sinne gewidmet, so hat das keine andere Bedeutung, als dass wir hier dem Ideale der Menschheit nachtrachten, in der Jugend Erkenntniss und Liebe dieses Ideals erwecken und dasselbe an unseren Schülern, wie an uns selbst zu verwirklichen suchen.

Aber welches ist dieses Ideal, und wo finden wir dasselbe? Liegt es wirklich in dem, was einst die Völker des Alterthums schufen, und was die Humanisten neu belebt und uns zugänglich gemacht haben? Gewiss, wir finden in Hellas und Rom manches Ideale, classische Muster für Kunst und Wissenschaft, bedeutende Charactere, viel Hohes und Schönes, was unsere Schüler lernen und in sich aufnehmen sollen. Aber wie viel tiefer Schatten breitet sich aus neben dem hellen Licht? Nur der, welcher jenen nicht sehen will und seine Augen verschliesst vor den tiefen Schäden jener alten Zeit, kann dort das ewige Menschheitsideal finden. Oder liegt dasselbe in dem, was die Völker der Neuzeit erreicht haben? Auch sie und unter ihnen nicht zuletzt unsere Nation bieten Namen von Männern dar, welche grosse Thaten vollbracht haben oder hoch im Reiche der Wissenschaft und der Litteratur dastehen, und was sie gethan, was sie erforscht und was sie geschrieben haben, wird fleissig in der Schule mitgetheilt und gelesen und vermag wohl die Jugend nach mancher Seite hin mit idealem Sinn zu nähren. Wer wollte auch verkennen, dass in unserem Jahrhundert der Mensch seiner Bestimmung gemäss eine Herrschaft über die Natur und ihre Kräfte erreicht hat, wie frühere Zeiten kaum in ihren kühnsten Phantasien sie geträumt haben? Aber gerade darum laufen wir Gefahr das Materiale zu überschätzen, und überhaupt fehlt auch in unserer Zeit, auch bei den gebildetsten Völkern der Schatten nicht, und zuweilen thun sich Abgründe von Unwissenheit, Bosheit und Verworfenheit auf, selbst da, wo wir eben noch sicher und fest zu stehen dachten. Wo ist denn also die sittliche Vollendung zu suchen? wo ist die herrliche Anlage der Menschennatur voll erfüllt? wo ist das Humanitätsideal so dargestellt und so erreicht, dass es als ewiges Vorbild jedem neuen Geschlechte vorschweben und befreiend und erlösend dasselbe der höchsten Bestimmung des Menschen zuführen könnte? Oder giebt es kein solches höchstes Ziel? dreht die Menschheit mit allen ihren Versuchen und Arbeiten sich nur im Kreise und erschöpft sich die ganze Bedeutung des menschlichen Lebens in dem bunten Treiben und Wirrwarr der Welt ohne einen dauernden ewigen Gewinn?

Nein, fort mit solchen Zweifeln, die wahrlich da am wenigsten laut werden dürfen, wo die Jugend gelehrt werden soll! Wir haben ja, was wir suchen. Schon der Name unserer Schule Johanneum weist uns auf den richtigen Weg. Denn so heisst sie nach Johannes dem Täufer, welcher nach der Auffassung unserer Vorfahren der Schutzpatron der Anstalt, wie der Johanniskirche war, und dessen Bild noch auf dem Schulsiegel dargestellt ist. Er ist ja aber der gewaltige Prophet, welcher am Schluss des alten Bundes auftritt und nicht nur seinem Volk, sondern der ganzen Menschheit zuruft: „Aendert euren Sinn! Ihr, die ihr Gottes Volk euch nennt, euch fehlt doch bei all eurer Frömmigkeit die Hauptsache, die Selbsterkenntniss und das Vertrauen auf Gottes reiche Gnade! Ihr Griechen mit all eurer Kunst und Weisheit und ihr Römer mit all eurer Macht, euch fehlt doch das eine, was noth thut, die Erkenntniss des wahren Gottes, die Liebe zu ihm und zu euren Brüdern! Aendert euren Sinn, denn das Himmelreich ist nahe herbeigekommen, nicht ein irdisch Reich voll weltlicher Pracht, nein ein ewiges, alle Völker umfassendes Reich der göttlichen Liebe und Barmherzigkeit, dessen unsichtbarer Bau durch alle Jahrhunderte hindurch wächst und bis zum Ende der Welt sich vollendet. Siehe, der Herr ist da, welcher dieses Reich gründet, der Heiland, welcher der Welt Sünde trägt.“

So weist er hin auf des Menschen Sohn, der da in der Fülle der Zeiten das Menschheitsideal, das Ebenbild Gottes, in seiner Person dargestellt hat und seinen Jüngern Macht giebt Gottes Kinder zu werden und sie der Vollkommenheit im ewigen Leben zuführt.

Heute aber ist es mir, als sähe ich die ernste Gestalt des Johannes, des Predigers in der Wüste, auch uns nahe treten und als hörte ich ihn die strengen Worte sagen: „Ja, treibt da nur in dem schönen Hause, das von mir den Namen trägt, alle menschliche Wissenschaft und bildet euren Geist mit allem Grossen, was die Welt hat! Das ist schön und gut und soll so sein, denn es ist alles euer. Aber das sage ich euch: Wenn ihr Lehrer nicht bei allem Unterricht das wahre Heil der unsterblichen Seelen eurer Schüler im Auge habt und ihnen nicht selbst das Beispiel ernster Arbeit an eurem inneren Menschen gebt; und wenn nicht ihr Schüler hier mehr sucht, als allerlei, was für diese Welt nützlich und brauchbar ist, und nicht den ernsten Willen habt so, wie es dem allwissenden Gott gefällt, zu wandeln: so hilft euch das schönste Haus nichts, und die reichsten Kenntnisse nützen euch nichts. Dann ist eure Gelehrsamkeit eitel, eure Tugend ein schwankes Rohr und eure Humanität glänzende Flitter von unächtem Golde. Darum ändert euren Sinn, weil es Zeit ist. Denn welcher Baum nicht gute Frucht bringt, wird abgehauen und ins Feuer geworfen!“

Doch neben den strengen ernsten Mann des Gesetzes tritt ein anderer Johannes, an den wir auch denken wollen, wenn wir unsere Anstalt Johanneum nennen, und dessen Bildsäule gegenüber der des Täufers die Front dieses Schulhauses schmücken soll. Er ist der Jünger, den der Herr lieb hatte, und von der Liebe redet er zu uns: „Gott ist die Liebe. Daran ist erschienen die Liebe Gottes gegen uns, dass er seinen eingeborenen Sohn gesandt hat in die Welt, dass wir durch ihn leben sollen. Ihr Lieben, hat uns Gott also geliebt, so sollen wir uns auch unter einander lieben. So treibt euren Beruf, ihr Lehrer, in Liebe zu Gott und zu euren Schülern. Und ihr Schüler lernt in Liebe zu eurem himmlischen Vater und in Vertrauen und Gehorsam gegen eure Lehrer. Haltet euch gemeinsam im Glauben an den, der da der Weg und die Wahrheit und das Leben ist, und in dem alles erfüllt ist. Dann erfüllt auch ihr das Gesetz, denn die Liebe ist des Gesetzes Erfüllung.“

Möge die ernste Ermahnung des einen und die evangelische Einladung des anderen immerdar bei uns willige und offene Herzen finden, so wird diese Schule eine Johannisschule sein und bleiben, eine Schule ernster, strenger Zucht und freundlicher, suchender Liebe. Möge gründliche Wissenschaftlichkeit hier gepflegt, möge die Jugend zu männlicher Tüchtigkeit hier erzogen, möge wahre, ächte Humanität hier erstrebt werden, aber alles das im Namen und zu Ehren Gottes und seines Sohnes Jesu Christi!

Mit diesem Wunsch und mit dieser Hoffnung wollen wir dieses Schulhaus einweihen und es dem Schutze des Höchsten befehlen.

Lasset uns beten:

Herr, unser Gott, voll Dankes gegen deine Güte weihen wir heute in deinem Namen dieses Haus zu einer Stätte der Jugendbildung und bitten Dich um Deinen Segen für unsere Schule. Hilf Lehrern und Schülern, dass sie hier ihren Beruf treiben, wie es Dir wohlgefällt, in Liebe und Vertrauen zu Dir und in Liebe und Vertrauen zu einander.

Lass aus diesen Räumen Männer hervorgehen, welche der Schule und dieser Stadt Ehre machen, welche in Aemtern der Kirche wie des Staates, in Arbeiten der Kunst und Wissenschaft, des Handels und der Industrie Tüchtiges leisten, welche mit Deiner Hülfe für König und Vaterland einstehen und Deinem Worte getreu sind bis in den Tod. Segne, Herr, dieses Haus und uns alle und behüte uns, lass Dein Angesicht leuchten über uns und sei uns gnädig, hebe Dein Angesicht über uns und gieb uns Frieden! Amen.

Nachdem der Schülerchor des Johanneums unter Orchesterbegleitung den Choral aus Haydns Schöpfung „Die Himmel erzählen die Ehre Gottes" vorgetragen hatte, sprach der Herr Provinzialschulrath Dr. B r e i t e r die Glückwünsche des K. Provinzialschulcollegiums aus.

Ansprache des Herrn Provinzialschulraths Dr. B r e i t e r.

„Unter dem vollen Eindrucke der gegenwärtigen Feier ergreife ich das Wort, um einem für mich ebenso ehrenvollen als erfreulichen Auftrage zu genügen. Das Kgl. Prov.-Schul-Collegium, dessen Vorsitzender durch das Zusammentreffen mannigfaltiger amtlicher Aufgaben zu seinem Bedauern von diesem Kreise fern gehalten ist, hat mich beauftragt, den Ausdruck seines theilnehmenden und anerkennenden Glückwunsches zu der heutigen Feier zu übermitteln. Ich darf es hier aussprechen, dass die Behörde mit ganz besonderem Interesse der Entwicklung des Johanneums von jeher gefolgt ist, einer Entwicklung, zufolge deren sie gewöhnt ist, das Johanneum in der ersten Linie der hannoverschen höheren Schulen zu erblicken. Es muss aber auch hervorgehoben werden, dass die Stadt Lüneburg ihr Johanneum von Alters her hoch gehalten hat, ja dass das Patronatsverhältnis hier gleichsam ein Pietätsverhältnis geworden ist. Ein Beurtheiler der hannoverschen Schulen, dessen Competenz über allen Zweifel erhaben ist, hat einmal geäussert, dass man in Lüneburg wie nirgends anders es verstanden habe, die besten Kräfte für das Johanneum nicht nur heranzuziehen, sondern die gewonnenen ihm auch dauernd zu erhalten. In der That scheint es mir besonders bedeutsam, nicht sowohl, dass eine ganze Reihe der besten hannoverschen Schulmänner hier gewirkt hat, sondern dass die besten ihr ganzes Leben hindurch der Anstalt treu geblieben sind. Denn auch der treffliche Mann, welcher nach einer zwanzigjährigen Wirksamkeit als Lehrer und Director vom Johanneum schied, um während eines noch längeren Zeitraumes für das gesammte höhere Schulwesen Hannovers zu arbeiten, hat bis zum Ende seines thätigen Lebens diese Anstalt gepflegt; und durch ihn ist die Behörde, welche zu vertreten ich heute die Ehre habe, in einem wahrhaft harmonischen Verhältnisse zu Patronat und Anstalt verblieben.

Von neuem hat sich die altbewährte Fürsorge des Patronats, und zwar in glänzender Weise bethätigt. Das Gebäude, welches die Stadt Lüneburg seinem Johanneum heute überwiesen hat, ist ein Werk, das seinen Meister lobt: ich habe lediglich den anerkennenden Dank der Behörde dem Patronate laut und öffentlich auszusprechen und knüpfe hieran den Ausdruck der Hoffnung, dass es den vereinten Bemühungen des Patronats und der Regierung gelingen werde, eine andere, fast nicht minder erhebliche Aufgabe der Fürsorge für die Anstalt in kurzer Frist und glücklich zu lösen.

Und nun wende ich mich an Sie, meine Herren, Director und Mitglieder dieses geschätzten Lehrercollegiums. Es ist kein geringer Beweis der Einmüthigkeit und des festen Zusammenhaltens, dass es Ihnen gelungen ist, in der Zeit der Zersplitterung und gehemmt durch die Enge räumlicher Verhältnisse die Anstalt mit Ehren bis zu dem heutigen Tage hindurchzuführen. Die Geschicke unseres Vaterlandes haben sich hier im Kleinen gleichsam abgespiegelt. Dieser Bau ist erstanden während des gewaltigen Ringens der Nation aus der Zersplitterung zur Einheit, aus der Beengtheit kleinlicher Sonderung zu freier nationaler Entfaltung. Und wie sich dort die Ziele weiter und höher aufgerichtet haben, so gilt es nunmehr auch für das Johanneum auf freiem und geräumigem Felde nach höheren Preisen zu ringen.

Z w e i Schulen vereint das e i n e geräumige Haus. Beide Bildungswege, welche das höhere Schulwesen zur Zeit eingeschlagen hat, sind hier mit ihren verschiedenen Bildungsmitteln der Jugend eröffnet. Dass bei aller Verschiedenheit derselben die E i n h e i t unserer nationalen Bildung erhalten bleibe, sei Ihre hauptsächliche Aufgabe. Sie werden sie lösen, wenn Sie unablässig durch Zucht und Lehre den Sinn dieser Jugend lenken auf das e i n e und das Bleibende in den menschlichen Bestrebungen — auf die volle und echte Humanität, welche in der Inschrift dieses Hauses den höchsten Platz einnimmt, welche das Ergebnis aller d o c t r i n a und aller v i r t u s ist, in welcher die höchste wissenschaftliche und sittliche Tüchtigkeit als in ihrer Einheit sich zusammenschliessen."

Es folgten darauf verschiedene Beglückwünschungen, seitens des Herrn Directors Dr. E b e l i n g im Namen des benachbarten Celler Gymnasiums, des Herrn Stadtsuperintendenten S c h u l t z im Namen des geistlichen Stadtministeriums, das einst in so inniger Verbindung mit dem Johanneum gestanden, des Herrn Lehrers Hoyer, des Herrn Oberlehrers Grünewald und des Herrn Seminardirectors Landsberg im Auftrage der Lehrercollegien der anderen. städtischen Schulen und des Seminars. Der Realschuldirector a. D. Volger, der einst im ersten Jahre unseres Jahrhunderts in die unterste Classe des Johanneums eingetreten war und der Anstalt über 60 Jahre als Schüler und Lehrer angehört hatte, überreichte ein von ihm verfasstes Festprogramm*) über die älteren Schulgebäude des Johanneums mit Abbildungen desselben aus den Jahren 1580 und 1825 und sprach als ältester lebender Schüler der Anstalt den Wunsch aus, dass dieselbe in dem neuen Gebäude fröhlich gedeihen möge.

Für alle diese Glück- und Segenswünsche dankte der Unterzeichnete im Namen aller Betheiligten; darauf schloss der Gesang der ersten Strophe des Liedes „Nun danket alle Gott" die Feier, nach welcher die einzelnen Classen durch ihre Lehrer in die für sie bestimmten Classenzimmer geführt wurden und von denselben Besitz ergriffen.

Am Nachmittage fand in Meyers Garten ein zahlreich besuchtes Festessen**) statt, an dem gegen 150 Personen Theil nahmen, und am Abend brachten die Schüler der oberen Classen vor dem Rathhause den städtischen Behörden und dem Lehrercollegium einen feierlichen Fackelzug**) und wurden darauf auf Kosten der Stadt in Mönchsgarten mit Schleusinger Bier bewirtet.

Der zweite Tag der Feier sollte ganz den Schülern gewidmet sein. Am Morgen des 5. Octobers versammelten sich alle Classen mit Ausnahme der Septima und viele Eltern und Freunde der Schule wieder in der Aula, auf deren Nordseite unter der Gallerie durch Vorhänge von rothem Tuch eine kleine Bühne hergestellt war. Nachdem die erste Strophe des Gesanges „Aus meines Herzens Grunde" gesungen war, folgten Reden und Declamationen der Schüler abwechselnd mit dem gemeinsamen Gesange patriotischer Lieder. Den Anfang machte eine Rede des Gymnasialprimaners Bornemann über die Bedeutung der classischen Studien und den Schluss eine Rede des Realprimaners Volger über das Aussehen und die Verhältnisse Lüneburgs vor dreihundert Jahren nach den Gedichten des Lucas Lossius.***) An diesen Redeactus schloss sich eine Art Aufführung oder richtiger Vortrag der Antigone des Sophokles an. Mehrere Schüler der ersten Abtheilung der Prima hatten nemlich mit grossem Fleiss und nicht ohne Geschick das griechische Drama metrisch übersetzt, dann hatten alle zwölf Oberprimaner sich in die Rollen getheilt. Der Chor wurde nach Strophen abwechselnd von zwei Schülern, die zur Seite der kleinen Bühne sich aufstellten, gesprochen. Die übrigen traten auf der Bühne selbst auf, aber ohne Kostüm. Obwohl nun die Illusion mangelte, so verfehlte das Drama auch bei einer so einfachen Aufführung, da gut vorgetragen wurde, seines Eindrucks nicht, wie die Befriedigung der Zuschauer bewies. Möge noch manchmal die schöne Aula zu derartigen Schulfesten, wie sie bei unseren Vorfaren wohl nicht ohne Grund so beliebt waren, benutzt werden!

Dass des schlechten Wetters wegen der für den Nachmittag beabsichtigte Auszug nach der Rothen Schleuse verschoben werden musste, war nur erwünscht, da alle etwas ermüdet waren. So fand denn diese Nachfeier des Festes am Montag dem 7. October bei dem heitersten Herbstwetter statt. Die Schüler marschirten mit ihren Lehrern um 2 Uhr Nachmittags vom Markte aus nach der Rothen Schleuse. Hier harrte schon eine grosse Menschenmenge des Zuges, und bald herrschte überall das fröhlichste Leben. Die älteren Schüler tanzten im Saale und in einem eigens für diesen Tag aufgeschlagenen Zelte — die Kosten für die Musik und das Zelt waren auch von den städtischen Behörden freigebig bewilligt — die jüngeren Schüler spielten Ball und andere Spiele im Walde und auf dem Felde, bis endlich nach eingetretener Dunkelheit alle sich um ein grosses Freudenfeuer wieder versammelten und an patriotischen Ansprachen und Liedern sich erfreuten. Als der Holzstoss nieder gebrannt war, ordnete sich der Zug aufs neue und trat den Rückmarsch an. Da viele Schüler Lampions mitgebracht hatten, so sah der Zug, wie er sich durch den Wald bewegte, sehr malerisch aus.

So war denn die ganze Feier ohne Störung und Missklang nach Wunsch verlaufen. Die Theilnahme, welche sie gefunden, hat das, was schon der Neubau des Johanneums verkündet, bestätigt, dass nemlich die Bürgerschaft unserer Stadt an dem Ergehen und dem Gedeihen der Schule den lebhaftesten Antheil nimmt. Mögen denn auch durch Gottes Gnade die vielen in diesen Tagen ausgesprochenen Segenswünsche für das Johanneum in Erfüllung gehen!

---

*) „Dem Johanneum in Lüneburg. Am IV. October MDCCCLXXII. Dr. W. F. Volger, Schüler des Johanneums 1801 bis 1812. Lehrer 1815 bis 1867." Die Schrift ist in den hiesigen Buchhandlungen zu haben. Der Verfasser bittet darum die einen ärgerlichen Druckfehler enthaltende Jahreszahl 1802 unter dem oberen Bilde in 1580 zu ändern.

**) Vergl. den ausführlichen Bericht in Nummer 237 der Lüneburgschen Anzeigen.

***) Die Rede ist in den Lüneburgschen Anzeigen Nummer 240 und 241 abgedruckt.

Nachrichten
über das Johanneum
vom Schuljahr 18⁷²/₇₃.

Bemerkung. Damit Raum für die Beschreibung der Einweihungsfeier gewonnen werde, sind die nachstehenden Schulnachrichten möglichst abgekürzt, und es muss daher, namentlich was den Lehrplan anlangt, auf die früheren Programme verwiesen werden.

I. Chronik.

1. Zugleich mit Eröffnung der Schule am 8. April wurde der Schulamtscandidat Erzgraeber eingeführt und übernahm an Stelle des Schulamtscandidaten Dr. Wöhler provisorisch bis Michaelis das Ordinariat der Realquarta und bis Neujahr 1873 das Ordinariat der Realuntertertia.

> Georg Erzgraeber, geb. 1847 zu Aurich, erhielt seine Bildung auf dem Progymnasium zu Norden und dem Gymnasium zu Aurich, studirte Philologie zu Göttingen von Ostern 1865 bis Michaelis 1868 und wurde, nachdem er an verschiedenen Instituten, auch in England, als Lehrer gewirkt hatte, Michaelis 1871 an die Realschule zu Eschwege berufen.

2. Da eine Reihe Lehrer theils an der Versammlung deutscher Philologen und Schulmänner zu Leipzig theils an der allgemeinen deutschen Volksschullehrerversammlung zu Hamburg theilnehmen wollten, so wurden die Pfingstferien um einige Tage verlängert, dagegen fielen einige sonst im Sommer übliche Freigebungen aus.

3. Der Oberlehrer Dr. Sauvin, welcher der Anstalt seit 14 Jahren angehört, den französischen Unterricht in den Gymnasialclassen und theilweise auch in den obersten Realclassen und ausserdem das Turnwesen geleitet hatte, erhielt einen ehrenvollen Ruf an das Lyceum zu Metz. Wie er hier durch den frischen Eifer und die Tüchtigkeit seines Wesens die Anhänglichkeit seiner Schüler und die Achtung aller sich erworben hatte, so möge es ihm auch in den schwierigeren Verhältnissen der neuen Reichslande gelingen.

4. Zum Ersatz für den Oberlehrer Dr. Sauvin und den gleichfalls zu Michaelis ausscheidenden und an die Realschule zu Aschersleben versetzten Dr. Willführ wurden die Gymnasiallehrer Ubbelohde vom Gymnasium zu Prenzlau und Theodor Meyer vom Gymnasium zu Göttingen berufen.

5. Am Morgen des 2. Septembers wurden die Schüler, wie es zwei Jahre zuvor beim Eintreffen der Sieges-nachricht geschehen war, aus dem Unterricht herausgerufen, auf dem Johanniskirchhofe versammelt, nach einem Gesange durch eine Ansprache des Directors an die Bedeutung des Tages erinnert und dann entlassen, um am Nachmittage gemein-schaftliche Spaziergänge zu machen. Von einer grösseren Feier wurde abgesehen, da der Umzug in die neue Schule nahe bevorstand.

6. Der Bau und die innere Ausstattung des neuen Schulgebäudes war endlich soweit fortgeschritten, dass der Umzug zwar nicht zu Johannis, wie in dem vorigen Jahresbericht in Aussicht gestellt war, aber doch zu Michaelis aus-geführt werden konnte. Damit Zeit für mancherlei Vorbereitungen gewonnen würde, fielen die zu Michaelis üblichen Classenprüfungen in diesem Jahre aus.

7. Am 17. September wurde der Unterricht im alten Gebäude durch einen kurzen Actus, bei dem die Censuren

für die einzelnen Classen und die Versetzungen verkündigt wurden, geschlossen; und am 4. und 5. October fand dann die feierliche Einweihung des neuen Johanneums statt, wie dieselbe oben ausführlich beschrieben ist. Ueber das neue Gebäude vergl. das Einladungsprogramm. *)

8. Am 7. October begann der regelmässige Unterricht in dem neuen Gebäude, mit frischem Eifer gingen Lehrer und Schüler ans Werk, und die frohen Erwartungen und Hoffnungen, die sich an das Beziehen eines grossen und geräumigen Hauses in freiester und schönster Lage geknüpft hatten, erfüllten sich. Denn es hat sich im Laufe des ganzen Semesters gezeigt, dass die Einrichtungen des neuen Gebäudes sich aufs beste bewähren.

9. Die Einführung der neu eintretenden Lehrer Theodor Meyer und Karl Ubbelohde fand am 7. und 14. October statt, ersterer übernahm das Ordinariat der Realquarta, letzterer das der Gymnasialuntertertia und die Leitung des Turnunterrichts.

Theodor Meyer, geboren 1847 zu Lübeck, besuchte das Catharineum seiner Vaterstadt, studirte von Ostern 1866 bis 1869 Philologie in Göttingen und Berlin, war zwei Jahre Erzieher in der Familie des Grafen d'Aspromonte in Italien, nahm dann Ostern 1871 seine Studien wieder auf und bestand im Sommer 1872 das Examen pro facult. doc. Von Michaelis 1871 bis 1872 war er als Mitglied der 2. Abtheilung des pädagogischen Seminars am Gymnasium zu Göttingen angestellt.

Karl Ubbelohde, geboren 1844 zu Hannover, besuchte die Gymnasien zu Aurich und Lüneburg, studirte von Ostern 1862 bis 1866 Philologie zu Göttingen und Berlin, absolvirte nach bestandenem Examen pro facult. doc. sein Probejahr am Gymnasium zu Eisleben, nahm im Winter $18^{61}/_{62}$ an dem Cursus der Centralturnanstalt zu Berlin Theil und wurde dann als ordentlicher Lehrer am Gymnasium zu Eisleben angestellt. Im Sommer 1870 trat er freiwillig in das Heer ein und machte den Feldzug in Frankreich mit. Nach seiner Entlassung zu Ostern 1871 erhielt er eine Anstellung am Gymnasium zu Prenzlau.

10. Zu Neujahr übernahm der Schulamtscandidat Barmeyer an Stelle des ausscheidenden und zu Ostern einem Rufe ins Ausland folgenden Schulamtscandidaten Erzgraeber den französischen und englischen Unterricht in den mittleren Realclassen.

Ernst Barmeyer, geboren 1848 zu Oerlinghausen in Lippe-Detmold, empfing seine Schulbildung auf dem Gymnasium zu Bielefeld, studirte von Ostern 1868 bis Michaelis 1870 in Göttingen und Berlin neuere Philologie, unterrichtete im Winter $18^{70}/_{71}$ an einem Institut in der französischen Schweiz und, nachdem er noch ein Semester in Berlin studirt hatte, an der Lateinschule zu Blieskastel.

11. Am 17. Januar starb der Geh. Regierungsrath Dr. Böhmer, der lange Jahre K. Commissarius und Vorsitzender der Reifeprüfungscommission des Gymnasiums gewesen war und bei der Verwaltung dieses Amtes und auch sonst eine lebhafte Theilnahme an dem Gedeihen der Anstalt und den Aufgaben der Schulbildung bewiesen hatte.

12. Durch den Tod verloren wir im verflossenen Schuljahre leider drei Schüler: der Gymnasialquartaner Oberdörfer aus Hamburg starb den 19. October an einem bösartigen Ohrgeschwür, der Realsextaner Meyer aus Melbeck den 24. November in seiner Heimat am Nervenfieber, der Gymnasialquartaner Torno von hier den 14. Januar an einer Gehirnentzündung.

13. Es war nach den vorläufigen Urtheilen der Lehrer anzunehmen, dass die mittleren Realclassen schon durch die Versetzung zu Ostern d. J. annähernd diejenige Frequenz erreichen würden, welche nach den im vorigen Programme mitgetheilten Bestimmungen der Behörde als Maximum angesehen werden muss. Es musste daher denjenigen Eltern, welche Schüler für die mittleren Realclassen anmeldeten, mitgetheilt werden, dass vielleicht nicht alle angemeldeten Schüler Aufnahme finden könnten. Voraussichtlich werden aber nur wenige zurückgewiesen werden müssen; und da die Schülerzahl der unteren Realclassen wieder abgenommen hat, so wird in den nächsten Jahren ein solcher Fall noch seltener vorkommen. Sollte der Andrang aber in fernerer Zukunft noch mehr zunehmen, so würde vielleicht die Gründung von Parallelclassen oder mit anderen Worten einer zweiten Realschule nöthig werden. **)

---

*) Programm des Johanneums zu Lüneburg zur Feier der Einweihung des neuen Schulgebäudes am 4. und 5. October 1872. Inhalt: 1. Ueber Tacitus' Agricola. Vom Professor W. Junghans. 2. Einige Nachrichten über das neue Schulgebäude und die Ordnung der Einweihungsfeier. Vom Director R. Haage.

**) Im vorigen Programm ist darauf hingewiesen, dass bei der Ueberfüllung der Realclassen die Eltern in manchem Fall vielleicht besser daran thäten ihre Söhne den unteren Gymnasialclassen zuzuweisen, und einige Schüler, die ursprünglich für die Realclassen bestimmt waren, sind demgemäss auch in die Gymnasialclassen eingetreten. Zur Vermeidung von Missverständnissen müssen wir aber, indem wir nochmals auf diesen Ausweg aufmerksam machen, hinzufügen, dass bei der starken Frequenz der mittleren Realclassen mit voller Sicherheit erst in den obersten Classen auf die Möglichkeit eines Ueberganges zur Realschule gerechnet werden kann. Es dürften also nur diejenigen Schüler unbedenklich den unteren Gymnasialclassen zuzuweisen sein, welche das Gymnasium nöthigenfalls bis zur Secunda durchmachen wollen und können. Diejenigen Schüler aber, welche soweit das Gymnasium auf keinen Fall besuchen sollen, treten besser gleich in die Realclassen ein.

II. Unterrichtsmittel und Sammlungen.

1. Bibliothek.

a. An Geschenken, für welche wir hiermit unseren Dank abstatten, sind der Bibliothek zugegangen:

Durch die Munificenz Seiner Majestät des Kaisers: Monumenta Zollerana, herausgegeben von R. Freiherrn von Stillfried und Dr. Fr. Märcker. 8 Bde. Berlin 1852—1866.

Durch das Königl. Provinzial-Schulcollegium: Monumenta Germaniae historica, Scriptorum tom. 22, Diplomatum tom. 1; Händel's Werke Bd. 36; Sudendorf, Urkundenbuch zur Geschichte der Herzöge von Braunschweig und Lüneburg. Bd. 7.

Von dem Hochlöblichen Magistrat der Stadt Lüneburg: Urkundenbuch der Stadt Lüneburg, bis 1369.

Von Herrn Obergerichts-Direktor v. Werlhof: Creuzer, Rückblick auf praktische Seiten des antiken Münzwesens.

Durch Herrn Lehrer Kastein in Hannover (für die Oberklassen der Realschule): Werner, Norddeutsche Flotte; Menzel, Krieg von 1866, 2 Theile; Droysen, Leben Yorks, 2 Theile; Redwitz, Lied vom deutschen Reich; Adami, Königin Luise; Depeschen aus den Jahren 1870 und 1871; Lieder zu Schutz und Trutz.

b. Angeschafft sind folgende Werke:

Stein, Herodoti historiae rec. Stein. II. Berol. 1872; Herodot mit erklärenden Anmerkungen v. K. W. Krüger. Berlin 1856—1866; Q. Horatius Flaccus ex rec. R. Bentleii ed. III. Berol. 1869; Dio Cassius cum. annott. L. Dindorfii Lips. 1863—65; Val. Maximus rec. Halm, Lips. 1865; Wecklein, Ars Sophoclis emendandi, Wirceburgi 1869; Hehn, Kulturpflanzen und Hausthiere, Berl. 1870; Schmidt, Sophoclis Oedipus tyrannus, Jena 1871; Schmidt, die Sophokleischen Chorgesänge, Jena 1870; Schmidt, Pindar's Olympische Siegesgesänge, Jena 1869; Sachs, Encyklopädisches Wörterbuch, Lief. 14—21; Grimm, Deutsches Wörterbuch, IV, 5; IV, 2, 5; Klopstock's Oden, erläutert von Düntzer, Leipzig 1861; Kurz, Geschichte der deutschen Literatur, IV, 19, 20; Simrock, Quellen des Shakespeare, 2 Bde, Bonn 1870; Zeller, Geschichte der deutschen Philosophie seit Leibniz, München 1873; Schmid, Encyklopädie des ges. Erziehungs- und Unterrichtswesens, Lief. 87, 88, 91, 92; Meyer's Conversations-Lexikon, 18 Bde, Hildburghausen 1871; Bernhard, Biblische Concordanz, 2. Aufl., Leipzig 1857; Martensen, Christliche Ethik, allg. Theil, Gotha 1871; Hagenbach, Kirchengeschichte Bd. 7. Leipzig 1872; Schmidt, Geschichte der Pädagogik, Bd. 3. 4. Cöthen 1871; Weber, allgemeine Weltgeschichte IX, 2; X, 1; Register zu Bd. 5—8; Ranke, Englische Geschichte Bd. 9; Fix, Territorialgeschichte des preussischen Staates 2. Aufl., Berl. 1869; Droysen, Geschichte der preussischen Politik, I, II, 1, 2. Berlin 1868—70; Behm, Geographisches Jahrbuch Bd. 3. 4. Gotha 1870. 1872; Carus, Geschichte der Zoologie, München 1872; Karmarsch, Geschichte der Technologie, München 1872; Claus, Grundzüge der Zoologie, Lief. 3—5; Haeckel, Natürliche Schöpfungsgeschichte, 3. Aufl., 1872; Frick, die physikalische Technik, 4. Aufl., Braunschweig 1872; Mushacke, Deutscher Universitäts- und Schulkalender, Berlin 1872; Petzholdt, Katechismus der Bibliothekenlehre., 2. Aufl., Leipz. 1871; Robolsky und Töppe, Abbildungen von Turnübungen, herausg. v. Eiselen, 3. Aufl., Berl. 1867; Euler und Kluge, Turngeräthe und Turneinrichtungen. Berl. 1872. — Ausserdem sind für die Bibliothek die in den früheren Programmen erwähnten Zeitschriften angeschafft.

2. Für den geschichtlichen und geographischen Unterricht sind Zinnmodelle römischer Soldaten und verschiedene Karten, für den Zeichenunterricht mehrere neue Gypsmodelle und Ornamente, für den Unterricht in der Physik und Chemie einige kleinere ergänzende Apparate angeschafft und ausserdem eine Luftpumpe und ein Theodolith bestellt.

Von dem Herrn Kaufmann Wolfsohn in Neapel ist eine Sammlung von vulkanischen Gesteinen des Vesuvs und von dem Herrn Major v. Gruben hierselbst eine Sammlung von Mineralien der Schule geschenkt. Für beide Geschenke sagen wir hiermit unseren Dank.

III. Verfügungen der vorgesetzten Behörden.

1. Vom 10. Juli 1872. Das K. Provinzialschulcollegium bestimmt, dass bei der Zulassung zur Reifeprüfung die Bestimmungen der Circularverfügung vom 11. December 1851, beziehungsweise der Circularverfügung vom 22. December 1854 bei den Gymnasien der Provinz Hannover zur Anwendung gebracht werden sollen. Demgemäss wird solchen Primanern, welche im Disciplinarwege von einem Gymnasium entfernt und auf ein anderes aufgenommen sind oder überhaupt aus ungenügenden Gründen die Schule wechseln, dasjenige Semester, in welchem die Entfernung oder der Wechsel der Schule erfolgt ist, auf den zweijährigen Primacursus nicht angerechnet.

2. Vom 21. August 1872. Das K. Provinzialschulcollegium stellt es den Directionen der Schulen anheim, die Betheiligung der Jugend an einer etwaigen öffentlichen Feier des 2. Septembers in angemessener Weise zu gestatten und zu regeln.

3. Vom 6. November 1872. Der Hochlöbliche Magistrat erklärt sich bereit dem hiesigen naturwissenschaftlichen Verein zur Aufstellung seiner Sammlungen zwei bis drei der Sammlungssäle des neuen Johanneums mit der Befürwortung zu überlassen, dass die jederzeitige Zurücknahme dieser Vergünstigung vorbehalten wird, und dass die Sammlungen des Vereins für den naturwissenschaftlichen Unterricht seitens der Schule benutzt werden dürfen.

4. Vom 12. December 1872. Das K. Provinzialschulcollegium genehmigt die für die Gymnasial- und Real-classen des Johanneums in Geltung stehenden allgemeinen Lehrpläne. — Eine Uebersicht der Lehrpensa der Gymnasial-classen, sowie eine Angabe der Erfordernisse für den Eintritt in die einzelnen Realclassen ist im Interesse derjenigen, welche Schüler zum Eintritt in unsere Schule vorbereiten, gedruckt worden, und **Exemplare dieser Uebersichten werden von dem Dirigenten der Realschule und von dem Unterzeichneten auf Verlangen mitgetheilt.**

IV. Statistische Mittheilungen.

a. Verzeichnis der Abiturienten.

I. Gymnasium.		Namen.	Confess.	Geburtsort.	Alter.	Lebensberuf.
59. Prüfung	1.	Ludwig Bornemann	luth.	Lüneburg.	$17\frac{1}{2}$ Jahr.	Philologie (Göttingen).
den 20. Februar	2.	Johannes Schrader	luth.	Lüneburg.	$18\frac{1}{4}$ Jahr.	Philologie (Göttingen).
1873. *)	3.	Georg Langrehr	luth.	Lüneburg.	$19\frac{1}{4}$ Jahr.	Philologie (Göttingen).
	4.	Emil Ubbelohde	luth.	Lüneburg.	$19\frac{1}{2}$ Jahr.	Theologie (Marburg).
	5.	Ernst von Werlhof	luth.	Celle.	20 Jahr.	Militär (Dresden).
	6.	Karl Busse	luth.	Wilhelmsburg.	20 Jahr.	Theologie (Göttingen).
	7.	Otto Strecker	luth.	Barver.	$21\frac{1}{4}$ Jahr.	Theologie (Göttingen).
	8.	Richard Matthaei	luth.	Lüneburg.	$19\frac{1}{2}$ Jahr.	Jura (Göttingen).
	9.	Karl Prollius	luth.	Mira bei Venedig.	$22\frac{1}{4}$ Jahr.	Math. u. Naturw. (Gött).
	10.	Bruno Brauns	luth.	Moritzberg.	$20\frac{1}{2}$ Jahr.	Militär (Strassburg).
	11.	Adolf Heuser	luth.	Wiebeck.	19 Jahr.	Militär (Zittau).
	12.	William Hesse	luth.	Leifferde.	$19\frac{1}{2}$ Jahr.	Jura (Göttingen).
II. Realschule.	1.	Otto Arenhold	luth.	Osterholz	$20\frac{1}{4}$ Jahr.	Postfach.
4. Prüfung	2.	Ernst Arenhold	luth.	Osterholz	$20\frac{1}{4}$ Jahr.	Postfach.
den 21. Februar	3.	Wilhelm Vogt	luth.	Rehrhof	$19\frac{3}{4}$ Jahr.	Baufach (Hannover).
1873. *)	4.	Hermann Böning	luth.	Römstedt	20 Jahr.	Forstfach.
	5.	Eduard Schlöbcke	luth.	Winsen a. L.	$20\frac{3}{4}$ Jahr.	Baufach (Hannover).
	6.	Wilhelm Precht	luth.	Stade.	$19\frac{1}{4}$ Jahr.	Math. u. Naturw. (Gött).
	7.	Heinrich Hoppe	luth.	Uelzen.	$18\frac{1}{4}$ Jahr.	Telegraphendienst.

*) Beide Prüfungen fanden unter dem Vorsitz des Herrn Provinzialschulraths Dr. Breiter statt. Die sämmtlichen Realschul-abiturienten — das Reglement für die Reifeprüfung an den Realschulen schreibt vor, eins der vier Prädikate vorzüglich, gut, genügend, nicht bestanden zu ertheilen, während am Gymnasium nur die Reife oder Nichtreife ausgesprochen wird — erhielten das Prädikat gut be-standen. Auch die Gymnasialabiturienten erhielten sämmtlich das Zeugniss der Reife.

b. Frequenzliste.

	Winter 18¹¹/₇₂.				Sommer 1872.			
	I Gymnasium	II Vorschule	III Realschule	Summa	I Gymnasium	II Vorschule	III Realschule	Summa
Gesammtfrequenz bei Ablauf des vorigen Semesters . .	169	69	288	526	155	47	251	453
Frequenz während des Semesters — I	23	39	10	—	19	36	15	
II a. / b.	33	41	11 / 42	—	36	41	18 / 49	
III a. / b.	20 / 16	—	46 / 44	—	17 / 24	—	40 / 47	
IV	41	—	54	—	42	—	56	
V	22	—	61	—	27	—	47	
VI	24	—	38	—	24	—	39	
Ueberhaupt	179	80	306	565	189	77	311	577
Darunter neu aufgenommen	10	11	18	39	34	30	60	124
Der Confession nach waren — evangelisch	173	73	293	539	183	69	297	549
römisch-katholisch	1	2	4	7	—	2	4	6
jüdisch	5	5	9	19	6	6	10	22
Der Heimat nach waren — aus dem Schulorte	112	73	141	326	117	72	132	321
von auswärts	55	6	136	197	58	3	152	213
Ausländer	12	1	29	42	14	2	27	43
Abgang während des Semesters — mit dem Maturitätszeugnis	11	—	3	—	—	—	—	—
zu anderweiter Bestimmung und zwar — auf Gymnasien u. Progymnasien	3	16	—	—	6	—	—	—
auf Realschulen	3	14	2	—	1	—	4	—
sonstige Stadtschulen	—	3	2	—	—	1	4	—
durch Tod	1	—	1	—	—	—	—	—
aus I	—	—	—	—	—	—	—	—
aus II	3	—	23	—	1	—	4	—
aus III	1	—	11	—	—	—	3	—
aus IV	1	—	5	—	1	—	—	—
aus V	1	—	7	—	—	—	—	—
aus VI	—	—	1	—	1	—	—	—
Ueberhaupt	24	33	55	112	10	1	15	26
Bleibt Schülerbestand	155	47	251	453	179	76	296	551

Bem. 1. Die Septima oder Vorschule ist in obiger Tabelle als eigene Schule behandelt, es steckt also in den Zahlen der ins Gymnasium und in die Realschule neu aufgenommenen Schüler auch die Zahl der versetzten Septimaner.

Bem. 2. Da zu Michaelis und im Laufe des Winters in das Gymnasium 7, in die Vorschule 11, in die Realschule 11 Schüler neu aufgenommen sind; so ist die Gesammtfrequenz im laufenden Semester auf 580 gestiegen.

V. Schulfeierlichkeiten.

Der öffentliche Schulactus und die Entlassung der Abiturienten wird in diesem Jahre, da die Reifeprüfung sehr früh stattgefunden hat, und mehrere Abiturienten in die Armee eintreten wollen und früher abgehen müssen, bereits am 22. März stattfinden und mit der Feier des Geburtstages Sr. Majestät des Kaisers und Königs verbunden werden.

Die Jahrescensuren und die Versetzungen werden am Schlusse der öffentlichen Prüfung für jede einzelne Classe bekannt gemacht werden.

1. Schulactus.

Sonnabend den 22. März:

9 Uhr.   Choral: Bis hieher hat uns Gott gebracht. Str. 1.
1. Rede des Directors.
   Chorgesang.
2. Reden der Abiturienten Ubbelohde und Schlöbcke.
   Chorgesang.
3. Entlassung der Abiturienten.
   Choral: Nun danket alle Gott. Str. 1.

2. Oeffentliche Prüfungen.

Montag den 31. März:

In der Aula.	Im Classenzimmer der Realsexta.
(Zwei Treppen hoch, Thür der Haupttreppe gegenüber.)	(R. VI, eine Treppe hoch, Thür der Haupttreppe gegenüber.)
8—9 Realuntertertia: Latein, Meyer. — Französisch, Barmeyer.	Gymnasialuntertertia: Caesar, Ubbelohde. — Französisch, Haushalter.
9—10 Realquarta: Geometrie, Gödecker. — Latein, Meyer.	Gymnasialobertertia: Latein, Strenge. — Geometrie, Gleue.
10—11 Realquinta: Rechnen, Brandes. — Französisch, Jagau.	Gymnasialsecunda: Sallust, Schübeler. — Geschichte, Strenge.
11—12 Realsexta: Deutsch, Hoffmeyer. — Geographie, Günther.	Gymnasialprima: Horaz, Haage. — Griechisch, Junghans.

Dienstag den 1. April:

8—9 ———	Realobertertia: Geographie, Görges. — Englisch, Barmeyer.
9—10 Gymnasialquarta: Latein, Haushalter. — Griechisch, Ubbelohde.	Realuntersecunda: Chemie, Steinvorth. — Französisch, Kühns.
10—11 Gymnasialquinta: Latein, Lehners. — Rechnen, Kaiser.	Realobersecunda: Latein, Kohlrausch. — Englisch, Schorkopf.
11—12 Gymnasialsexta: Latein, Kaiser. — Naturgeschichte, Günther.	Realprima: Französisch, Kühns. — Physik, Gödecker.

Mittwoch den 2. April:

In der Aula.
9—10½   Oberseptima. Geographie, Jagau. — Rechnen, Günther.
10½—12   Unterseptima: Rechnen, Lesen, Anschauungsunterricht, Kohrs.

VI. Uebergang zum neuen Schuljahr.

Das neue Schuljahr beginnt Montag den 21. April und zwar für die Septima Morgens 10 Uhr, für alle übrigen Classen Morgens 9 Uhr.

Zur Entgegennahme der Anmeldung, sowie zur Prüfung und Aufnahme der für die Septima bestimmten Schüler werden die Lehrer dieser Classen Dienstag den 1. April Nachmittags 2 Uhr und Sonnabend den 19. April Morgens 9 Uhr im Johanneum bereit sein und zwar für Unterseptima der Lehrer Kohrs im Zimmer dieser Classe (VIIb, unten vom Eingange links) und für Oberseptima der Lehrer Jagau im Zimmer dieser Classe (VIIa, unten vom Eingange rechts).

Die Prüfung der übrigen neu anfzunehmenden Schüler wird Sonnabend den 19. April Morgens 9 Uhr im Johanneum stattfinden. Die Anmeldungen derselben nimmt in den vorhergehenden Tagen für die Realschule der Rector Dr. Kohlrausch in seiner Wohnung, für das Gymnasium der unterzeichnete Director im Conferenzzimmer des Johanneums Morgens 11—12 Uhr entgegen.

Für die in die Realclassen aufzunehmenden Schüler findet ausserdem, damit die Eltern möglichst bald erfahren, ob ihre Söhne Aufnahme finden (vergl. oben p. 29 unter Nr. 13), eine ausserordentliche Aufnahmeprüfung Dienstag den 1. April Nachmittags 2 Uhr im Johanneum statt.

Alle aufzunehmenden Schüler haben eine von dem Vater oder dessen Stellvertreter unterschriebene, auf Grund eines Geburtsscheines auszustellende Bescheinigung über Namen, Geburtstag, Geburtsort und Confession, ferner über des Vaters Stand und Wohnort vorzulegen. Die Formulare für diese Bescheinigung werden bei der Anmeldung mitgetheilt. Auch kann die Vorzeigung des Geburtsscheines gefordert werden. Diejenigen Schüler, welche nicht in der Provinz Hannover geboren sind, müssen ausserdem einen Jmpfschein vorlegen.

Lüneburg,
den 15. März 1873.

R. Haage.